傑作長編時代小説

同心 亀無剣之介
きつね火

風野真知雄

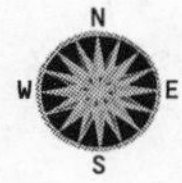

コスミック・時代文庫

本書は二〇一〇年五月に小社より刊行された「同心 亀無剣之介 きつね火」を加筆訂正の上、新装版として刊行したものです。

目次

第一話　仇の寿司

一

「へえ、十兵衛寿司が、そんなことを言ってましたかい」

と、万二は鮪に包丁を入れながら笑った。大きくは笑わない。どこか皮肉めいた、頑固そうな、江戸前と言っていい笑顔である。

「だからおれは、鮪を最初に食わせる寿司屋は信用しねえ、だとさ。かなり激越な調子だったぜ」

そう言ったのは、瓦版屋でうまいもの番付を作る、味見屋蕪平である。

この秋に出した蕪平の番付は、東の大関に日本橋の〈十兵衛寿司〉、西の大関にここ深川の〈寿司鬼〉を置いた。万二は、その寿司鬼のあるじである。

「どういう意味ですかね？」

と、万二は首をかしげた。

「寿司は食う順番で、味がまるで別物に感じられる。だから、濃い味の鮪は、最後のほうに出すべきで、おまかせで注文したとき、鮪を最初に出す寿司屋は下の下なんだってさ」

燕平は、十兵衛寿司の言葉を伝えた。

あきらかに、寿司鬼の万二を意識した言葉である。万二は鮪を基本にして、最初と中ごろに鮪を出す。しかも、中ごろの鮪は、江戸の多くの人が食わず嫌いになっている脂っこいトロを握る。

「寿司鬼で初めて、トロの旨さを知った」

という客も多いくらいである。

燕平の説明を聞いて、

「はっはは」

万二はめずらしく口を開けて笑った。だが、どこか緊張を含んだ笑いである。

「おや、笑った?」

「そりゃあ違いますって」

「寿司鬼の見解を訊きたいね」

「味覚ってえのは、その日その日の体調によって違うんです。まず最初に、濃い味の脂がのったやつを食べたいときもある。深川の客は、日本橋の旦那衆と違い、むしろそっちが多い。だから、あっしはまず、そっちを満足させてやる。それから、趣きを変えて、さっぱりした白身魚にいったりするんです」

と、万二は自信たっぷりに言った。

「なるほど。それも一理だねえ」

蕪平は大きくうなずいた。

そんな蕪平を見て、万二は内心でつぶやいた。

――そういうおめえも、味なんかわからねえ。

万二はそれを確信している。一度、見かけは似ているようにして、蛸と烏賊を逆にして出してみた。

やっぱりわからなかった。蛸と烏賊の区別もつかない奴が、味の番付を作るとは笑ってしまう。

おそらく、この男は味ではなく、見た目だけで判断しているのだ。たしかにそっちのほうは、才能があるかもしれない。きれいなかたちや色合いはよくわかるらしく、色とか艶で鮮度を見破ったりもする。

だから、万二は蕪平のことを〈見た目屋〉と、陰ではこきおろしていた。

「じゃあ、その鮪をもう一貫」

と、蕪平は言った。

「へい」

鮮やかな手さばきで鮪を握る。

その脇で、寡黙な弟子の照吉が、じっと手さばきを見ている。


鮪をつまむと、蕪平はいくらか安くしてもらった勘定を払い、指先で暖簾をはじくようにして、外へ出ていった。いかにも通ぶった仕草だった。

すると、常連の客で大工の棟梁の陣五郎が、

「おやじよう、ああいう奴にはもう少し、愛想よくしといたほうがいいんじゃねえのか？　勘定だってタダにしてやるとか」

と、言った。

「なあに、いいのさ」

万二は鼻で笑い、店をざっと見渡した。

残ったのは常連の客がふたりと、初めて見る客がふたり。もう店終いが近いの

で、これから入ってくる客はまずいない。その初めての客で、入り口の前に座った男を、万二はさりげなく見た。

——やはり文七郎だ……。

うつむきがちにしているが、逆に鰓の張った顔のかたちや太い鼻筋など、特徴とも言えるところは、はっきり浮かびあがっていた。

この店に入ってきたとき、万二を見て、ぎょっとしたような顔をした。それからほかに席は空いていたのに、わざわざいちばん遠い入り口近くの席にさりげなく座った。

万二はそのことに気づかなかったふりをして、ときおり男の顔を確かめた。

同郷の男で、自分を仇とつけ狙ってきた児玉文七郎だった。

仇になったのは、いまから十年ほど前、まだ万二郎と名乗っていたころのことである。

文七郎が仇討ちの旅に出たというのも、人づてに聞いていた。

この一、二年は逃げきれるかと思っていたが、やはりそうはいかなかったらしい。子どものころから、諦めの悪い、しつこい性格だった。

間違いなくおれを殺そうとするだろう。店が終わったあとが危ない。

――先に殺してやる……。

と、万二は思った。

むしろこれは、味わい続けてきた恐怖に別れを告げることができる、大きな僥倖なのだ。これを逃がしたら、逆に深川を捨て、寿司職人としての名声を諦め、逃亡の旅に出なければならなくなる。この歳での、すべてを投げだしての旅は、遠からぬ死へ向かう旅になるだろう。

だが、ほかの客もいる。気づかないふりをしていなければならない。

油断して近寄ってきたところを逆襲に出る……どうやって殺る？

剣術には自信がない。

包丁で刺すか。

だが、あいつも短刀くらいは懐に秘めているかもしれない。いちばん簡単なのは毒殺だろう。

万二はちらりと、まな板の上の寿司ネタを眺めた。

客の文七郎は緊張していた。

まさか、万二郎が寿司屋になっているとは思わなかった。

しかも、江戸にいるとは。
万二郎を追って、東海道を西に向かった。そっちに逃げたという証言もあった
し、万二郎は伊勢参りにも幾度か行っていて、土地鑑もそちらにありそうだった。
京大坂か、あるいは街道筋にひそんだのだろうと、この十年、そっちばかりを探
しまわってきた。
途中、路銀も乏しくなり、三年前からはたまたま知りあった伏見の酒問屋のあ
るじに手代として雇ってもらい、仕事の合い間に京大坂を歩きまわってきた。
おれのことは気づいていないだろう。
ずいぶん面変わりしてしまった。
十年のあいだに、まず髪が真っ白になった。さらにげっそりと痩せ、鼻の骨が
突き出て、目がぎょろっとした感じになった。ときどき鏡を見ると、これがおれ
かと、ぎょっとするほどである。
それでも、できるだけ正面から目を合わさないようにした。
ここで会ったが百年目。
なんとしても、仇をとってやる。それでようやく故郷に帰ることができる。こ
の数年、しきりに故郷が懐かしくなっている。

問題は武器だ。

帳簿の勘定が合わず、徹夜で算盤をはじかなければならなくなった。いったん長屋に戻って、軽く腹ごしらえをしようと出てきたので、武器はなにも持っていない。

長屋まで取りに帰るか。

だが、万が一、おれに気がついていたら、万二郎もそれなりに手を打つだろう。助太刀(すけだち)を頼むか、あるいはすぐに逃亡してしまうか。ここはひとまず、しばらくれて様子を見るしかない。

ふと、気になる話が耳に飛びこんできた。

——え、河豚(ふぐ)だと?

文七郎はどきっとして、万二のほうを見た。

「うめえだろ」

と、万二は調理場から出てきて、客の前に立って言った。

「ああ、このしこしこ感がなんとも言えねえ」

と、客はうなずいた。

河豚を握ったらしい。

「河豚は薄く切ったほうがうまいなんて言うが、これはぶ厚いな」

口をもぐもぐさせながら、客は言った。

「薄いほうがうまいなんてえのは、けちな板前が言うことだよ。ぶ厚いほうが何度も嚙みしめて、河豚の旨味を堪能できるのさ」

「なるほどな」

文七郎は脇でそんな河豚談義を聞いているうち、疑いを持ちはじめた。

――こいつ、おれを河豚の毒で、殺す気ではないだろうか。

河豚の寿司は評判がよく、ほかの客も皆、注文した。だが、文七郎だけは食べようとしなかった。

すると、万二はなんとしても食べさせたいのか、

「毒なんか、いくら気をつけたってきりがねえ。意外なものに毒がある。たとえば、そうだな……」

と、聞こえよがしに言い、それから小声で調理場にいた弟子になにか命じた。

弟子はいったん裏口から外に出たが、すぐに戻ってきた。

「あっただろ？」

万二は訊いた。

「ええ。もう枯れかけてましたが」

と、弟子は客たちに大きな葉っぱを見せた。すでに枯れはじめている。

「なんだよ、紫陽花じゃねえか」

「こんなもの、どこにだって生えてるぜ」

客たちは異議をとなえた。

「ところが、これが毒なんでさあ。葉っぱなんざむしゃむしゃ食べたりしたら、腹痛どころか命だって落としかねねえんで」

「これでねえ？」

皆は驚いていた。

すると、壁にもたれていた若い客が、

「おい、毒でもなんでもいいから、それを食わせろ！」

と、怒鳴った。同時に、膝にあてていた手が外れ、額のところを思いきり、酒や寿司を載せた樽の角にぶつけた。

こもかぶりを叩き割るときのような、すごい音がした。

「痛てて」

「おいおい、大丈夫か。頭が割れたんじゃねえか？」

「だいぶまわってきたな」

「青二才。そのへんでやめとけよ」

　常連たちがからかう。

「へっ。まったくうちの糞おやじときたら、なにが、苦労は若いうちにしろだよ。冗談じゃねえ。売りこみなんて仕事はまっぴらだ……」

　ぶつぶつ文句を言っている。

　おやじに叱られながら、仕事をしているらしい。

　暴れたりはしないだろうが、なにせお銚子を六、七本開けて、もうへろへろだった。

――いまは何刻くらいだろう……。

　万二は暖簾を中に入れ、通りの様子をうかがった。

　人は少ない。もう四つは過ぎているはずである。このあたりというのは、浜風のせいで、刻の鐘が聞こえにくかったりする。

　ふたり連れが、いい機嫌になって出ていった。大工の棟梁と左官の棟梁をしていて、深川の永代寺の近くに住み、ここにはしょっちゅう来ているありがたい常連だった。

弟子の照吉は先に帰した。明日は魚河岸の前に、野菜を仕入れるやっちゃ場まで行ってもらう。寝不足では、見る目も鈍くなる。

残ったのは、初めての客ふたりだけである。

端っこにへべれけの若い男。

入り口近くに、これも動けなくなった文七郎。

その文七郎のほうのそばに寄り、

「どうだ、身体が動かねえだろう？」

と、万二は低い声で言った。

「てめえ、なんかやったな」

文七郎は呂律もまわっていない。

「なんかだと？」

「河豚だな。河豚を食わせやがったんだ」

それには答えず、

「おめえが入ってきたとき、おれは気づかなかったとでも思ったのかい？」

と、万二は言った。

「やっぱりな」

「これで終わりにしようや」

「いやだ」

「しつこいよ。なんで諦めねえんだ?」

「仇だろうが」

「おめえたちが仕掛けたんだろう。おれはあんなことはしたくなかった」

そう口にすると、この十年、すっかりなじみになった怒りがこみあげてきた。

本当にあれは、売られた喧嘩だったのだ。

「いまさら弁解するな」

「まあ、いいや。悪いが、もう終わり。これで終わり」

まず、へべれけの若い客の肩を叩いて、立ちあがらせた。

「おい、兄ちゃん、もう終いだ。帰んなよ」

「わかってらぁ」

足取りはいくらかふらふらしているが、なんとか歩けそうである。飲んだのは五合ほどだろう。酒は強くないらしくだいぶ酔っているが、こういうのは醒めるのも早い。

勘定などいまはどうでもいいが、あとで払いにきたりすると面倒なので、巾着から適当な額を抜いた。

「勘定はもらったぜ、いいな？」

「ああ」

「若いの、家はどこだい？」

「日陰町だよ」

芝である。ここからだと、だいぶある。

「深川はよく来るのかい？」

「初めてさ。深川はしみったればかりで商売にならねえな」

「じゃあ、気をつけて帰んなよ」

と、肩をぽんと叩いた。

「ちぇっ、こんなところ、二度と来るもんか」

毒づいて出ていった。

まだ、二十歳をいくつか出たくらいだろう。酔ってわめいてはいるが、素面のときは、親の言うこともよく聞く、素直そうな若者である。

風が冷たいので、着くころには醒めるだろう。

「さて、誰もいなくなった」

と、万二は笑って振り向いた。

調理場から刺身包丁を取ってくる。刺身包丁は五、六本あるが、どれもよく砥(と)いであって、安手の刀くらいには切れる。

「てめえ」

と、文七郎は言ったが、呂律(ろれつ)はまわらないわ、身体はまるで動かないわ、転がり落ちずに樽に腰をおろしているのが精一杯といったところである。誰が見ても立派な酔っ払いだろう。

やっとのことで、目の前の割り箸(ばし)を握った。先っぽを万二に向ける。

「そんなものでは、へそのゴマを掻きだすくらいが精一杯だろうよ」

万二はせせら笑った。

「兄貴の仇」

と、振りあげた手を軽く払い、万二は文七郎の背中のほうにまわった。

「最期に、番付に載るほどうまい寿司をたらふく食って死ねるなんざ、幸せだよな」

実際、鮪も鯛(たい)も、いちばんいいところを握ってやったのである。餞(はなむけ)のつもりだが、当人には喜(よろこ)んではもらえないだろう。

「くそぉ」

文七郎の必死のあがきは、わずかな声にしかならなかった。

包丁を振りあげ、思いきり文七郎の心ノ臓に突き刺した。

「うぐっ」

軽くえぐり、すばやく抜いた。そのまま土間に押し倒す。返り血は浴びない。

包丁は洗い場に放った。あとで、きれいに洗えばいい。

それから、万二はあわてて、近くの番屋へと駆けこんだ。

震える声を装(よそお)って、

「大変だ。店で客同士が喧嘩になり、誰かが刺された！」

二

その翌々日――。

弟子の照吉と一緒に店の掃除をしていると、入り口のところに男の影が立った。

――おかしな影だな。

と、思ったのは、頭のせいらしい。髪の毛がもわもわっとして、カビでも生えているように見えたからだった。

「すまんな」

そう言いながら入ってきたのは、町方の同心だった。

町方の同心は、姿格好（かっこう）ですぐにそれとわかる。

着流しに黒い羽織（はおり）。紺（こん）の足袋（たび）に雪駄（せった）を履き、大小二刀のほかに朱房（しゅぶさ）の十手（じって）を差していた。

このほか、小銀杏（こいちょう）と呼ばれるすっきりした髷（まげ）も特徴なのだが、この同心はそこが違った。髷のかたちが、まるですっきりしていない。おそらく、ちぢれっ毛のせいだろう。当人もそれは気にしているらしく、つねに手で押さえつけるようにしている。

「いえ、ご苦労さまです」

と、万二は言った。

昨日はさすがに、店を閉めていた。取り調べの人たちはのべつ出入りするし、遺体の移動などもあった。

だが、今日からもう店を開けるつもりである。本当なら、気持ちを落ち着かせるためにもう少し休みたかったが、こういうときは、なにげなく振るまっていたほうが自然だろうと思ったのだ。

「亀無ってんだ」

ちょっと気弱そうな声で言った。歳は三十なかばといったところだろう。

「亀無さま……」

一昨日の夜はいなかった。定町廻りの同心と一緒に、検死役の同心がつぶさに調べていった。

昨日も見ていない男だった。それが、いまごろになってやってきた。

「喧嘩だってな」

と、亀無は言った。

「ええ」

「いきなりか？」

「はい。止める暇もないくらいでした」

「どういう原因だったんだ？」

「さあ」

「さあって聞いてたんだろ？」

「もう店終いにするころで、片付けに入ってましてね。ただ、刺されたほうが、刺したほうに、うるせえと文句は言ってました」

「ふうん」

と、つぶやきながら、亀無は樽に腰をおろした。茶でも一杯飲んで帰るかというような、のんびりとした顔である。

その場所は、一昨日の夜、文七郎が座っていたところである。自分はその背中のほうにまわり、左手で首を抱えるようにして、刺身包丁を左胸に突き入れたのだった。

亀無は店の中をひととおり見まわし、それから樽の下あたりをじいっと見た。

万二はどきりとした。

土間に流れた血は削(けず)って新しい土を入れ、塩で清めた。あの夜の動きを示すものは、なにも残っていないはずである。

だが、こうした事件に慣れた町方の同心などは、臭いだとか気配なども嗅ぎとったりするのだろうか。息をするのが少し苦しくなった。

「知ってる客だったかい？」

また、同じことを訊かれた。昨日も一昨日も訊かれている。

「いいえ。どっちも初めての客でしたよ」

「見覚えもなしとな……」

「あ、刺したほうの若い野郎は、深川の住人みたいなことは言ってました」

「ほう」

「深川にもこんなうまい寿司屋があったかい。長いこといて、知らなかったなあ

なんぞと言ってました」

これも昨日すでに言ってある話だが、

「それはいい話を聞いといてくれたなあ」

と、亀無は嬉しそうにした。

「なあに、たまたまでさあ」

「殺されたほうも近所なんだ」

亀無が軽い調子で言った。

「え、そうなんですか?」

意外だった。文七郎が江戸住まいだったとは……。

「熊井町の長屋に住んでたんだ。番太郎も知ってたよ」

熊井町は、ここをちょっと南に行ったところである。だとしたら、この前の道

はしょっちゅう通っていただろう。

「そうでしたか……」

そんな近所に住んでいたのか——。

万二は不安がこみあげてきた。

それなら、死体を運びだし、海にでも捨ててくるべきだったか。だが、そんなところを他人に見られたりしたら、言いわけのしようがない。それに近所に住んでいたからといって、おれとの関係がわかるわけでもない。

——なあに、どうってこたぁねえ。

と、自分に言い聞かせた。

「名は雲井（くもい）文七郎といった」

「……」

そんなに早く、名前もわかってしまったのか。

「侍みたいだろ」

「ええ」

「もとは侍らしい。といっても陪臣（ばいしん）だ。伊豆（いず）あたりの代官の家来だったみたいだ。場所はよくわからないらしい。伊豆といっても広いしな。調べるのは大変だ」

と、亀無は困った顔で言った。

「はあ」

「だが、この何年かは〈淀屋〉という、上方の大きな酒問屋の手代として働いていた。江戸に出店があり、そこに応援にきていたところだったそうだ。来たのはついひと月前で、あとふた月もすれば、ふたたび上方に戻ることになってたらしいぜ」

「そうだったんですか」

来てひと月なら、いままで会っていなくてもそう不思議ではない。

「仇持ちだったんだ」

「えっ」

これには驚いた。

仇持ちのことは、当人だから当然知っている。それを同心が知ったことに驚いたのだ。一瞬、驚きぶりが怪しまれたかと心配したが、そんなめずらしいものに直面したら、誰だって驚くだろう。

亀無にも疑った様子はない。

「長屋の者は知らなかったが、店の者は知ってたよ」

「そうですか」

「不思議だよな」

「なにが？」

「仇持ちが、そんなくだらねえ喧嘩で命を落とすかなと思ってさ」

亀無はそう言って、ゆっくりと首を横に傾けたのだった。

三

夜になって——。

寿司鬼に一昨日も来ていた常連客がふたり、連れだってきた。大工の棟梁の陣五郎と、左官の棟梁の花吉である。たまにふたりで喧嘩をはじめたりはするが、たくさん食べて酒も飲んでくれる上客である。

「ちっと変わった町方の同心が調べてまわってるだろ？」

と、陣五郎が言った。

「誰に聞いた？」

万二はなんとなく不安になった。

「こいつのとこには来たんだと。おれんとこはまだだよ」

と、花吉を指差した。

「ああ、いろいろ、しつこいくらいに訊かれたよ」

面倒くさそうに花吉は言った。

「どんなことを？」

「一緒にいた客はどんな奴だったかとか、刺したほうはどんな風体だったとか、くわしく訊かれたよ。でも、そこらはいい。あげくには、あんたらはなにを食ったとか、あの寿司鬼はどれくらい知られているのか、ほんとにうまいのか……なんてことまで訊かれた。なにを食おうが大きなお世話だよな。あれは、簡単な喧嘩だったんだろ？」

「そうだよ」

「でも、あいつは喧嘩じゃねえと疑ってるのかもしれねえ」

「ふうん」

仇持ちなのに、つまらぬ喧嘩で命を落とした……たしかにおかしい。

急にそれを言われて、あのとき、なにも答えることができなかった。

だが、仇持ちだって、そういうことはありうるはずである。酔っ払いにからまれ、いきなり刺された……刺されたほうには落ち度はない。災難は、誰に降りかかっても不思議はないだろう。

もし、今度来ることがあったら、そう言っておこう。

「あの同心は、なにを考えてるのか、わからねえところがあるんだ」

と、花吉は気味が悪そうに言った。

「おれのところにも来てたよ」

と、万二は言った。

「そりゃそうだ。ここが現場だもの」

陣五郎はうなずいた。

「でも、なんだか、頼りなさそうな同心だったぜ」

「ところが、見かけほど冴えなくはねえらしい」

と、陣五郎は不気味なことを言った。

「そうなのかい？」

「こいつ、怪しいと思ったら、しつこく食らいつくんだそうだ。綽名もちぢれすっぽんてえくらいだ」

「ははあ」

ちぢれというのは、あの頭からきたのだろう。

「あの若者、うまく逃げおおせるかねえ」

陣五郎がそう言うと、

「なんだか、おやじの悪口を言ってたが、甘ったれの若旦那ふうだったよな」

と、花吉がうなずいた。

「甘ったれの深川の若旦那だ。手間はかかるかもしれねえが、早く見つけてもらってすっきりしてえもんだ」

万二は、あまり気がなさそうに言った。

四

北町奉行所の臨時廻り同心、亀無剣之介は、夜中に目を覚ました。

誰かが泣いていた。

亡くなった妻のみよかと思った。肺の病がずいぶん進んだとき、よくこんなふうに泣いていた。自分が死ぬことより、幼いおみちを遺していくのがつらいのだとは、口にも出していた。

かわいそうにと思った記憶がよみがえり、夢うつつにも胸が詰まった。

ほんとにこの世というところは、なんてつらいところなのだろう。

運命というやつの罪をあばきだしたら、いったいどれだけの罪状が積み重なれることか。できるものなら、罪人よりもまず、運命を引っくくりたい。

だが、みよではなかった。

ひとり娘のおみちが夜泣きしていた。

「怖いよう」

「なにも怖いことなんかあるもんか、大丈夫だ」

亀無は優しく声をかけた。

「でも、怖いよう」

ひどく震えている。

「夢でも見たのか？」

「夢じゃないよ。そこの通りを大勢の人が駆けていったんだよ。なにかあったみたいだよ。怖いよう」

そんな気配はなかった。大勢の人が駆けていったりしたら、亀無だって目を覚ます。

「そんなことはないよ。婆やだって、起きてこないだろ？」

もっとも婆やのおたけは、家でお化けが鬼ごっこをしていても、目を覚ますことはないかもしれない。

「ここは怖いよう。どこかへ行こうよ」

「いまからか？」

おんぶして町内を一周するくらいは、してやってもいい気になっていた。

「違うよ。ここから引っ越すんだよ」

「ああ、それは難しいなあ」

亀無は弱った。

一瞬、隣りの志保を呼びにいこうかと思った。

隣りは、北町奉行所与力の松田重蔵の役宅である。

志保は、その松田の妹だった。松田、亀無の両家ともに代々、八丁堀に住んでいて、三人はよちよち歩きのころからの友達である。

志保は、やはり八丁堀の同心、大高晋一郎の家に嫁に行っていたが、いまは出戻ってきて、別れる手続きをしている最中だった。

この前、ちらっと志保におみちの夜泣きのことを言ったら、

「いつでも呼びにきて。夜中でもいいから」

と言ってくれた。

お愛想ではない。志保は呼べば、かならず来てくれるだろう。

だが、やはり、そういうわけにはいかない。別れ話をしているときの女を、夜中に家に呼びこむことはまずい。それに、おみちだって、いつまでも甘ったれているわけにはいかないだろう。

ようやく、すすり泣きがおさまってきた。

亀無はおみちを抱きながら眠った。

朝起きると、変な姿勢になっていたせいで、首が痛くてしかたがなかった。


寿司鬼の万二は、夜中に目を覚ました。

まだ、外は暗い。板戸の穴から入ってくるのは、黒い隙間風(すきま)だけである。それでもどこかで鶏(にわとり)の鳴く声がする。

照吉はそろそろ起きるころだろう。弟子は普通、住みこみになるが、照吉は裏手の長屋に、母親と一緒に住んでいる。

ここに店を出すとすぐ、うちの弟子にと直接、頼まれたのだ。試(ため)しに簡単な手伝いをさせると筋もいい。そのまま裏の長屋から通うことになった。母親が起こしてくれるから、寝坊することもない。

朝、起きると、魚河岸に買い出しにいく。戻ってひと休みしたら、魚をさばき、下ごしらえをする。昼飯どきの客を入れる。

休憩し、次は夕飯や酒の客を迎える。もともと寿司屋は飲み屋ではないが、刺身で一杯を求める客も多く、酒の肴（さかな）も作るようになった。

単調な繰り返しである。

だが、追われる身にとっては、これが続くことこそ望みである。できれば、ずっと続いてほしい。

万二は漁師の手伝いから浅蜊（あさり）売りを経て、七年前に寿司の世界にめぐりあい、この仕事がおもしろいと思ったとき、

——追っ手から逃げきりたい。

と、思ったものだった。

怯（おび）えていた毎日だった。

追うほうが、さぞ楽だっただろう。いや、追うほうには別のつらさがあったかもしれない。それでも、追われることから比べたら、絶対に気持ちは楽だったは

ずである。

その追っ手を、ついに始末した。もう追われる恐怖はなくなる。

文七郎が死んだことは向こうの耳に届かないだろうし、いまさら新たな刺客を送ってきたりもしないだろう。

寿司屋としての万二の評判も、あがる一方である。もっと大きな店を持ち、弟子もあと何人か増やせるかもしれない。

去年から付き合っている料亭の仲居をしている女を嫁にもらえば、この店に落ち着きも出てくるだろう。

――逃げきれる……。

と思ったとき、もわもわっとした頭の同心の姿が浮かんだ。

五

亀無剣之介は二日ほどかけて、聞きこみを続けたが、

――どうも、ぴりっとしない……。

と、思った。

岡っ引きの三ノ助に、寿司鬼から逃げた若い男の足取りを追わせている。万二の証言では、深川の住人らしい。だが、深川の番屋などからは、該当する男があがってきていない。

三ノ助の手腕は信用している。

亀無は岡っ引きという連中をあまり好まず、いままではほとんど使ってこなかった。だが、夏ごろに茶の湯の師匠の事件で三ノ助と付き合いができ、仕事を手伝ってもらうようになった。

生真面目である。頼んだことは疎漏なく、きっちりとやってくれる。その三ノ助が捜しても見つからない。

たしかに、酔っ払いの多い刻限だった。

だが、それらしい男の影くらいは見かけられていてもいい。それがまったくない。

寿司鬼のある相川町、隣りの熊井町はもとより、佐賀町、一色町、北川町、中島町といったあたりでも反応はない。

本当に深川が住まいなのか。

それとも、あまりに近くで、たいして道を歩くこともなかったのか。

この若い男のほかに、あの晩の客のひとりで、味見屋蕪平という瓦版屋もつかまらない。ネタあさりと言って出かけたまま帰らない。

めずらしいことではないという。なんとか一度、話を聞きたい。なにか大事なものを見ているかもしれないのだ。

——しかたない。もう少し、殺された文七郎の周辺を探るか。

ということで、亀無剣之介は、朝早くから文七郎が住んでいた深川熊井町の長屋にやってきた。

ここは大川のすぐ近くである。路地の突きあたりは低い土手になっていて、あがってみると、木場の船や漁師の舟で、早くも水上は混雑していた。

普通、手代などは店に住みこんだりするが、酒問屋の〈淀屋〉では新川にある江戸店が手狭になったので、川をはさんだ深川に長屋三軒分を手代用に借りていた。その一軒に入っていたのである。

文七郎が使っていた部屋を見せてもらった。

大店の手代が住むだけあって、そこらの長屋よりはずいぶんきれいである。六畳と四畳半に台所。突きあたりは小さな庭に面している。

だが、荷物のほうはもともと江戸には長くいる予定がなく、旅人程度のものしかなかった。当然、手がかりもない。

昨日、店でちらっと話を聞いた手代が、いまから店に行くところだった。歩きながら話を訊くことにした。

「文七郎さんは、見た目より歳が若かったらしいね」

と、亀無は言った。昨日はその話の途中で、上方からの荷船が着いて、喧騒のため、とても話どころではなくなってしまったのだ。

「若白髪だったですからね。ええ、検死のお役人からも聞かれました。五十くらいと思ったみたいですが、ほんとは三十五でした。やはり、苦労はしたんだと思います。ちっと、やりにくいところはあったんですがね」

と、こちらは見た目も実際も、四十過ぎと思われる手代は言った。

「というと？」

「なんというか、しつこいというか、ひたむきすぎるのか、仕事でもそっちよりこっちが大事だろうというのを、いつまでもこだわったりしてましたから」

そういう人間でないと、仇討ちなどは成功しないのかもしれない。

実際、仇討ちというのは、追いきれずに諦めてしまうのがほとんどだ、と聞いている。

「相手のことは、なにか言ってなかったかい？」

「いえ、あたしらにはなにも……ただ、本店の者に聞いたところでは、仇は上方にひそんでいるらしいとのことでしたよ」

「上方かあ」

いささか、がっかりした。仇討ちがからんでいるのを期待したのだ。

新川の店に来た。ここらは、酒問屋がずらっと並んでいる。〈淀屋〉はそのなかでも大きな店がまえである。

次に番頭に話を訊いた。

いかにも酒問屋の番頭らしく、赤ら顔で、でっぷり肥っている。歳は五十なかばといったところだろう。

「文七郎の身元について訊きたいんだがね」

「わたしもそう、くわしいことは知らないんです。なんでも大坂の本店のあるじが、たまたま知りあった文七郎さんと意気投合し、そういうことならうちで働きながら仇を探せばいい、という話になったそうです」

「本気で探してたんだな」

「ええ。江戸は早く引きあげたいみたいでした」

「でも、酒を飲んでいるうち、喧嘩になったらしいんだよ。仇持ちだってのにな」

「酒のことも変だなと思いました」

番頭は、白目のところが鮪の切り身みたいに赤くなった目を、遠くに向けて言った。

「変？」

「あの人は、あまり酒は飲まなかったですから」

「下戸かい？」

「いや、飲めないのではなく、いつどこで仇とめぐり会うかもしれないので、酔って身体が動けなかったなんて事態を心配していたみたいです」

「酒屋があまり飲まないなんておかしいね？」

と、亀無は笑いながら訊いた。

「そういうもんですよ。どっちかなんです。ほとんど飲まないか、浴びるほど飲むか。酒が好きすぎても溺れやすくなるんです」

すでにあっぷあっぷしているような顔で、番頭は言った。

「そうか、酒を飲まなかったのか……」

亀無は不思議そうにつぶやいた。

それだと、あの店にいた時間は長すぎるのではないか。寿司をつまむだけでは、一刻半（およそ三時間）はなかなかいられない。

しかもみんなが、殺された男はへべれけだったと言っていた。

「え、どういうことだ？」

亀無は目覚めたばかりのような口調で言った。

六

この日は——。

亀無は、吟味方の同僚から相談があると言われ、夕方から八丁堀にある小さな飲み屋で酒を飲んだ。小者の茂三には小遣いを渡し、そこらの立ち飲み屋で適当にやっててもらうことにした。

相談自体はくだらないことだった。

与力への付け届けを、酒から干しうどんに替えたのだという。値段は安くなったわけではないのだが、けちったと思われるのではないかと心配しているのだ。

贈ったひとりに、松田重蔵がいた。松田と亀無は親しくしている。付け届けの話なども、ざっくばらんにしているはずと踏んだらしい。

そこで、松田にその旨(むね)を訊いてほしいというのだ。

「おいらが?」

「頼むよ。松田さまはいちばん大事にしたいお人なんだ」

「あんたの付け届けについて、どうお思いになりましたかって?」

「まあ、そこは訊きようがあるだろう」

「………」

亀無は内心、呆(あき)れた。

——そんなこと、自分で訊け。

と言いたかったが、亀無は言えない。

適当にもごもご言っていると、

「こらあ相談相手を間違えたな」

と、失敬なことを言って、いなくなってしまった。自分で誘っておきながら、勘定も払っていかない。

寝不足で足元が覚束(おぼつか)ない。だが、もうちょっと飲みたくて、ここから数軒先にある煮売り屋に入り直した。

安酒をだらだら飲みながら、ぼんやりした頭で考えた。

あの、下手人とされている若者は、寿司鬼にいるとき、だいぶ酔っ払っていたという。

だとすると、喧嘩で人を刺し、すぐに素面に返って、家に逃げていったのだろうか。

あるいは、いまの自分のように、ふらふらしたまま、もう一軒はしごするということはなかったか。

亀無は近くの立ち飲み屋にいた小者の茂三に頼み、神田に住む岡っ引きの三ノ助を呼んでもらった。

ちびちびやりながら待っていると、三ノ助が駆けつけてきた。

「旦那、なにか？」

「うん。じつはさ……」

と、二軒目の飲み屋という思いつきを語った。

「なるほど。だから、野郎の姿が消えたように思えたのかもしれませんね」

下手人とされている若者の人相を伝えて、あの近くの飲み屋をあたってもらうことにした。

このところ、亀無は寝不足が続いている。だが、おみちの夜泣きもやまない。たまにはぐっすり眠りたい。

そこで、この夜はにゃん吉を借りてきた。隣家の志保が飼っている猫である。というより、志保がおみちの遊び相手にするために、飼ってくれていると言ったほうがいいだろう。

にゃん吉は顔から胸にかけては真っ黒で、腹のあたりから白が混じりはじめ、後ろ足や尻尾のあたりは白い。暗い寝間にいると、白いところだけが目立つので、なんだか奇妙な感じもする。

「にゃん吉はおもしろいな」

「うん。かわいい」

と、嬉しそうにして眠りについた。

それでもやっぱり夜中になると、泣きはじめた。夢見が悪いのか、癖になっているのか。

「大丈夫だ、ほら、にゃん吉もいるだろ」

だが、にゃん吉はうるさいのか、逃げようとする。

「にゃん吉も怖くて逃げるよう」

亀無は頭を抱えるしかない。

女房がいれば、押しつけて自分は隣りの部屋で寝ることもできるが、それもできない。そもそも女房がいないから、こうして夜泣きをするのかもしれない。

今夜も寝不足のまま、朝が来た。おみちは明るくなると安心するのか、ぐっすり眠っているが、亀無はそうはいかない。

朝飯を食いながら、ついこっくりとして、鼻先を味噌汁に突っこんだりした。

婆やのおたけは、亀無のことよりおみちの夜泣きの原因を心配して、

「ほんとになにかいるのかもしれませんね。祈祷師にでも見てもらったほうが」

などと言った。

「いや、おいらはあのたぐいの連中が、どうも駄目なんだ。まあ、いろいろ考えてみるよ」

寝不足のうえ、まだ酒も残っている。ふらふらしながら奉行所に向かった。

すごい勢いで亀無を追い抜いた松田重蔵が、

「剣之介、酔っ払ってるのか？」

と、声をかけていった。

七

検死の報告を読みながら、亀無があれこれ考えているところに、

「旦那、出ましたぜ」

と、岡っ引きの三ノ助がやってきた。

「あの若い男か」

「ええ。寿司鬼を出て、半町ほど行ったところに、こざっぱりしたおでん屋があるんですが、野郎、そこに転がりこんだみたいです」

「刻限は？」

「夜の四つ（およそ九時半見当）をちょっと過ぎたころです。話とぴったり合います」

「やっぱりな」

亀無も一緒に行って、くわしく訊いた。

おでん屋のおやじは、ネタを仕込んでいるところだった。すり鉢にいろんなも

のを入れて、すりこぎをまわしている。魚だけではない。かたちから想像すると、ゲコゲコと鳴く奴や、ニョロニョロと這う奴も入れたみたいだった。

「ええ、背の高い若い男。来ましたよ。ここの額のところに、ぶつけたんだか、赤い痣ができてましたよ」

「あ、そうそう」

寿司鬼ですごい勢いで樽に額をぶつけたと、誰かが言っていた。間違いないだろう。

「ここでもだいぶ飲んだかい？」

「いや、もう完全にできあがってましたね。茶碗酒を注ぎましたが、ほとんど口もつけていない感じでした」

「着物に返り血なんかなかったかい？」

「返り血？　それって、この先の寿司鬼の殺しと関係があるんで？」

と、おやじは興味津々で訊いた。

ここらでは当然、噂になっているだろう。

「まあな」

「まさか、あの野郎が下手人？」

亀無はそれには答えず、

「血がついてたのかい？」

念押しするように訊いた。

「いやあ、そんなものなかったですぜ」

「刃物なんか持っていなかったかい？」

「刃物？　そんなものは持ってなかったですよ」

おやじはきっぱり否定した。

「絶対にとは言えねえだろ」

「それが言えるんです。うちはそっちに、自前の風呂を持ってましてね。常連の客には入れてやったりするんです。あの晩も、おなじみの客が入って出てきたら、あの野郎、おれも入るといきなり着物を脱ぎやがって」

「ほう」

「ぱらっと脱ぎ捨て、ふんどし一丁でそっちに行こうとしたんです。しかたねえんで入れてやりました。着物もそっちに片付けました。刃物なんざ持ってませんでしたよ」

「そうか。それで、風呂を浴びてどうした？」

「こっちも終いにしたかったんでね。寝込まれたりしても面倒だから、ぬるい茶に饅頭食わせてやりました」

「そいつはいいや」

と、亀無は笑った。

情けない顔で饅頭を食っている若造の様子が、目に浮かんだ。

「ちっと酔いが醒めてきたところで、追いだしましたよ」

「どっちに帰ったかはわからねえだろ？」

「永代橋を渡っていきましたよ」

「本当かい？」

「ええ。あっしはそこで見送りました。途中で、おえおえ言いながら行ったので、汚ねえ野郎だなと思ったんです」

それはおかしい。

寿司鬼の万二は、あの若者は深川が住まいだと言っていた。自分でそう言ったと。

だったら永代橋は渡らない。

「旦那、あの野郎がほんとに下手人なんですか？」

と、おやじは怪訝(けげん)そうに訊いた。

「なんで？」

「寿司鬼で死んだ奴は、心ノ臓をぐっとえぐられてたってんでしょ？　あんなへろへろになった奴に、そんなことができますかね。饅頭だってぽろぽろ落として、まともにつかめなかったんですぜ」

おでん屋を出るとすぐ、

「永代橋を渡ったって、どういうことでしょう、旦那？」

と、三ノ助が訊いた。

「その若者は深川に帰ったんじゃねえ。つまり、寿司鬼の万二は嘘(うそ)をついたってことになるよな」

「どういうわけで？」

「うん。そいつを探すことができないようにしたのか……」

「下手人を逃がすつもりなんで？」

「じつは親しい男だったってこともあるだろ」

「なるほど」

「あるいは、そいつは下手人じゃなかったりするのかも」

「ううむ……あっしには、なにがなんだかわからなくなってきました」

三ノ助は頭を抱えた。

「いや、おいらだって、わかっちゃいねえ」

「とりあえず、あっしはそいつが永代橋を渡ったあとの足取りを追ってみます」

永代橋のほうを見ながら、三ノ助は言った。

番屋だの辻番（つじばん）だのに、丁寧（ていねい）に声をかけていくつもりだろう。

それでも、最後まで追うのは難しい気がする。

江戸の町は数えきれない酔っ払いが行き来する。腕利きの三ノ助ですら、どこかで若者の足取りを見失ってしまうだろう。

八

奉行所に戻るとすぐ、亀無は松田重蔵に呼ばれた。

部屋に入ると、松田は吟味方の見習い同心ふたりを前に置き、書類をめくらせているところだった。

書類をふたつ並べさせ、松田が「うむ」とうなずくと、ふたりは同時に書類をめくる。どうやら、時間を短縮するため、ふたつ同時に目を通しているらしい。

松田はときおり、こういう突飛なことをする。この前は、もっと客観的に考えてみたいと言って、書類を遠くに置いて読んでいた。

ただ、効果のほうはきわめて怪しい。

現にいまだって、ふたつを同時に読むので、かえって混乱するらしく、ひとつずつ読むよりも時間がかかっている気がする。

ただ、見習い同心ふたりは驚嘆した顔で松田を見ているから、人心掌握という面では役に立っているのかもしれない。

亀無が前に座ると、

「まだ捕まらぬのか？　下手人はあきらかなんだろうが」

と、松田は訊いた。寿司鬼から消えた若者については、検死をした同心あたりから聞いていたらしい。

松田重蔵という人は、とにかく事件の調べに首を突っこみたがる。

しかも、調べが途中にもかかわらず、わかったと思いこんで、驚くべき頓珍漢な意見を開陳する。松田の推理を採用していたら、いったいどれだけの冤罪と未解決の事件が山積みしたか、恐ろしくなるほどである。

　亀無はおでん屋の証言などを説明し、

「下手人と見なされているその若者なんですが、刃物なんざ持ってなかったんです。寿司鬼からその店までは、たった半町程度。そのあいだに、血のついた刃物を、どうにかして処理したというのでしょうか？　ひとつ考えられるのは、大川に放り投げたことくらいで、これは一応、川を浚ってみるべきかもしれません。ただ、不思議なのは、心ノ臓を突き刺したというのに、返り血すら浴びていなかったことです」

と、言った。

「剣之介……」

　幼なじみなので、ふたりのときは下のほうの名を呼ぶ。

「は」

　亀無のほうは、いくら幼なじみでも、同僚のような口はきけない。

「まず、返り血のことだが、そんなものを避ける方法はいくらでもある。たとえば、相手の背中にまわり、左手で首を締めるようにしながら、右手で胸を突く。そのまま押し倒せば、返り血を浴びることはない」

「なるほど……」

今日の松田は、いつになく冴えているかもしれない。

「それにそなたは、海を知らぬ」

いきなり変なことを言った。

「海を……」

嫌な予感がした。夜の海を漂流しているような寒気までした。松田の推理を聞くくらいなら、そのまま溺れて、海の底に沈みたい。

「そうよ。広く豊かな海をな」

たしかに、松田はときどき釣りに凝って、海釣りにも出ていた。

「その海がどうかしたので？」

「海には、身体に武器を備えた生きものがいる」

松田がそう言ったとたん、亀無の脳裏に閃いたものがあった。

「あ、河豚」

そういえば、寿司鬼でも河豚の寿司を食わせていた。

河豚の内臓を食うと、人は動けなくなり、たいがい死に至る。その動けなくなったときであれば、刺すのも容易である。

これは松田の推理で、初めて正鵠を射たものではないか。

ところが、松田が言うのはそういうことではなかった。

「馬鹿だなあ。河豚が人の胸を刺すものか。違うのだ。鋸鮫という魚は、鋸のようなくちばしがある。梶木鮪という魚は、剣のようなくちばしだ。わしは、この梶木鮪のほうだと思う」

ひどい目眩がきた。それに耐えて、

「梶木鮪……たしか大きな魚ですよね」

と、訊いた。以前、逃亡した下手人を追って伊豆に行ったとき、漁師に見せられたことがある。

「ああ、大きいのだと八尺ほどもあったりする」

「そんなものを海から持ってきたと？」

梶木鮪を背負った仇討ち。いままで想像したこともなかった。

「馬鹿。そこは寿司屋であろう。梶木鮪は寿司ネタにするため、仕入れてあったのさ。まあ、多少、小さめのものではあったろう。それを店のあるじが気づかぬうちにすばやく抱えるようにし、ぶすっと刺すと、また桶の中に放った。調べてみろ。梶木鮪を仕入れていただろうと」

「はあ」

とても訊いてみる勇気はなかった。

九

亀無は、やっと味見屋蕪平に会えた。

三ノ助に頼んで探してもらっていたが、吉原（よしわら）あたりで長逗留しているらしく、家にはなかなか戻ってこなかった。

今日になって戻ってくると、町方の人たちが探していたと聞き、あわてて奉行所のほうに駆けつけてきた。そのあたりの腰の軽さは、瓦版屋ならではだろう。

三ノ助から聞いたところでは、この男に対する料理人たちの評判は、きわめて悪いらしい。味の好みという個人差のあるものを、自分の主観で順番をつけてまわっている。たいがいの料理人は、

「あんな野郎はさばいて、食わずに犬の餌（えさ）にしてやりたい」

と、ボロクソに貶（けな）しているという。だが、実際に面と向かうと、少しでも番付を上にしてもらいたいから、付け届けまでする始末らしい。

その蕪平は、ちょっと乙に澄ましたところがある、四十がらみの男だった。

「もう七日ほど前になるんだが、あんた、寿司鬼にいたよね」

と、亀無は言った。

「ええ、聞きましたよ。あのあと、あそこで殺しがあったそうですね」

「そうなんだよ」

「あの晩はなんか、万二さんに緊迫感があったからなあ」

「緊迫感？」

ほかの常連客は、そんなことは言っていなかった。

自分たちがいるあいだは喧嘩もなかったし、まさかそんなことになるとは思いもしなかったと語っていた。

「ええ。殺されたってえのは、いちばんあとに入ってきて、入り口近くの席に着いた奴でしょう？」

「そうだよ」

「あいつ、店に入ってきたとき、万二さんがなんだかぎょっとしたような顔をしたんですよ」

「ほう」

「それから、顔を伏せるようにして座ると、あとは静かにしてたんですが、最初はあたしの顔を見て驚いたのかなって思ったんです。でも、見覚えのない男でした。もっとも、あたしは食べもの屋のあいだではかなり知られていて、舌鋒を恐れられてもいます」

「舌鋒をな」

自分でも、けっして好かれているとは思っていないらしい。

「だから、食いもの屋関係の男なのかと思いました。でも、殺されたことを考えると、なにか別の理由があったのかもしれません。わたしを知っている食いもの屋の男だったら、殺されるのはこっちですから」

つねづね、よほど店の悪口を書きまくっているらしい。

「若い客の反応はどうだったたい？」

「そっちは見なかったですね。わたしはおやじの話を聞くために、店の真ん中あたりに座っていて、客が来た気配に、こう振り向いて見ていたんでね」

「なるほど。それが緊迫感だと？」

「いや、もうひとつあるんです。万二さんのことです」

「万二？」

「寿司を握る手つきが、いつもと違うなと」

「そんなこと、わかるのかい？」

「わかりますとも。あの人の手さばきってのはじつに見事なものでね。寿司のできあがりのかたちのよさとともに、それは惚れ惚れするくらいです。わたしが西の大関に置いたくらいですよ。それがなにか違ったんです。できあがりのかたち。口に入れるときに持った手触り。そこらの寿司と同じでした。いままで、あんなことはなかった。不思議な気がしたんですよ……」

と、蕪平は腕組みして上を仰いだ。

やはり隠し事があるのは間違いなかった。

「あの夜の話を、万二にもうちっと、くわしく聞かせてもらいてえ……」

十

亀無剣之介が寿司鬼の暖簾を分けると、十人ほどいた客たちが、いっせいにこっちを見た。歓迎するような顔つきはない。

なんだよ、せっかく楽しんでいるところに、無粋な野郎が来やがって……。

これが町方に対する町人の、本音の顔である。

「いや、邪魔するつもりはないんだ。なかなか下手人があがらねえんで、うまいものでも食って、頭の働きを変えようかと思ってさ。まずは、鮪と鯛でも握ってくれよ」

頭に手をやりながら、亀無は言った。

べつに偉ぶったりする男ではないと見て取ったのか、客たちにもホッとした空気が流れた。

「ご苦労さまですね」

「まあ、下手人を追うのも楽じゃねえし」

などと、ねぎらいの声をかけてくるのもいる。

前に話を聞いたふたり、大工と左官の棟梁たちは今日も来ていた。

「この前の夜だがね、棟梁たちはどこに座ってたんだい？」

「おれたちはいつもここだよ」

と、いまも座っている、土間の真ん中に置かれた縁台を指差した。

店は畳にすると、十二畳分ほどの広さだろう。右手に狭い調理場がある。

左手の壁際はちょっと高くなって、畳が敷かれている。四畳分ほどで、八人も座ったら窮屈なくらいである。今日は、上品そうな老夫婦が、ひと組座っているだけである。

残りは土間で、畳ひとつ分ほどの縁台のほかは、皿などを置く大きな樽と、腰をかける小さな樽が適当にごろごろしている。客によって、それらの場所も適当に移動するというわけである。

「それで、下手人とされてる若い男は、どこに座ったんだい？」

「その壁のところに、もたれるように座ってたよ」

と、大工の棟梁が奥のほうを指差した。

「殺された男は？」

「そっちだよ」

入り口のほうを指した。

「ずいぶん離れてたんだ」

「まあね」

「それで喧嘩になんかなるかね？」

「ああ、おれたちがいるときは、べつに喧嘩なんかしちゃいねえ。そのあと、おっぱじまったんだろ」

と、大工の棟梁が言うと、

「どっちもひとりで、おとなしく飲み食いしてたよ。若いのがたまにひとりごとを言ってたけど、そう気になるほどじゃなかった。殺されたほうは、静かなもんだった。いま思うと、酔っているというより、寝てるのかと思うくらいだった」

左官の棟梁もうなずいた。

「寝てるくらいねえ」

と、亀無は腕を組み、

「そりゃあ、おもしれえなあ」

そう言って、調理場にいる万二をちらっと見た。

万二はなにか下ごしらえをしているが、こっちの話に聞き耳を立てているのはあきらかである。

弟子の若い男が、亀無に寿司の載った皿を持ってきて、樽の上に置いた。赤身の鮪と、鯛の寿司が二貫ずつ載っていた。

鮪のほうをつまんで口に放り入れ、

「おいらは、あの若い者が仇だったんじゃないかって思ったんだよ」

と、亀無は言った。

「えっ」

「あいつがねえ」

「なるほど」

「あれは、返り討ちか」

客たちは納得したが、

「あっはっは。ちっと若すぎるんでは？」

と、万二が言った。

「若すぎる？　いつの仇討ちか知ってんのかい？」

亀無が聞くと、万二は調理場の下にかがみ、なにか探しものをしながら、

「だって、殺されたほうは、あんな白髪になるまで探し歩いたんでしょ。だったら、五年や六年は経ってますでしょう。あの若造は、せいぜい二十二、三といったところでした。だったら、若すぎるじゃねえですか」

と、くぐもった声で言った。

「白髪になるまでねえ」

亀無は腕組みした。

微妙な言い方である。

仇持ちになる前から、白髪だったかもしれないではないか。もしかしたら以前の男を知っていたのか。だが、苦労のあまりに白髪になったと考えるほうが、あたりまえかもしれない。

「いや、でも、あっしは旦那の考えに反対するわけじゃないんですよ。どうぞ、早く捕まえて、真相をあきらかにしてくださいよ」

万二は、とってつけたように言った。

亀無は鮪と鯛を食べ終えた。なるほど、たしかにこの寿司はうまい。

「ええと、あれはねえかな。握ってもらいてえんだ。ほら、赤い皮だけど、白身でしこしこして、昆布で締めたりするとうまいやつ」

「ああ、地金目でしょ」

万二は言った。

すると亀無は、

「どうも同じ出身地みてえだな」

と、万二を見た。

「え？」

万二はぎくりとした。

「殺された文七郎と同じ出身地ってこと」

「なにをおっしゃってるんだか」

「あんた、伊豆あたりの生まれじゃねえのかい？　あのあたりじゃ、金目鯛のことを、地金目って言うらしいじゃねえか」

　これは味見屋蕪平に聞いていた話である。このことから、蕪平は万二の出身地を、相州か伊豆あたりだろうと思っていたらしい。

「あっしは房州の生まれですよ。それに地金目とは、ここらでも言いますぜ。なあ？」

　と、万二は強い口調で常連たちに訊いた。

「あ、そうかな」

　訊かれた連中は、互いに顔を見かわした。

「ところで、あの晩、飲んでいる途中で、河豚の話題が出たんだってな？」

　亀無がその常連たちに声をかけると、こっくりうなずいた。

「おいら、河豚ってえのは気になってさ。あれは毒を持ってんだろ。うっかり毒のところを食ったりすると、身体が痺れたようになって、動けなくなるんだってな……」

亀無がそう言うと、客たちは顔は動かさずに、視線だけを万二に向けたりした。

「それで？」

万二が先をうながした。

「わざとかどうかは別にして、殺された文七郎が途中で動かなくなったのは、河豚の毒を口に入れてしまったからじゃないかと思ったのさ」

亀無がそう言うと、万二は大きな声で笑った。

「あっはっは。あいにくだ、旦那。あっしのところに来る河豚は、全部、そっちの魚源という魚屋でさばいてもらってるんです」

「そうなの？」

「あっしもさばけないわけじゃねえ。ただ、河豚にも種類があって、たまに見かけねえ河豚が入ったりする。そうなると怖い。だから、河豚だけは魚屋に任せ、切り身だけを届けてもらっているんです」

「じゃあ、毒は……」

「河豚の毒なんざ、うちには一滴も入っていませんよ」

亀無は反論せず、

「じゃあ、その河豚を二貫握ってもらおうかな」

と言った。

万二はつまらなそうな顔で、握った河豚を皿に置いて出してきた。

亀無はそれをうまそうに食べて、

「そういえば、紫陽花にも毒があるんだよな」

と、思いだしたように言った。

「あんな枯れかけた葉っぱを、どうやって食わせるんですか。照吉、裏から紫陽花の葉っぱを何枚かむしってきな」

弟子は外に行き、すぐに戻ってきた。

手に乱暴にむしった葉っぱが四、五枚。弟子がこれを持って帰れというように、亀無に突きだした。さっきから話を聞き、かなり怒っているらしい。

「ううむ、これを食わせるのは難しいな」

と、亀無は言った。

「なんですかい？　さっきから聞いてますと、それじゃあ旦那は、あっしがあの男の仇だったと、それで先に殺してしまったと、そうおっしゃるんですかい？」

万二は亀無の前に立って言った。

店の中にしらじらとした空気が流れている。

誰もがいたたまれないような雰囲気だった。

亀無もうつむき、まるで自分のほうが責めたてられる下手人になったような気持ちだった。

と、そのとき——。

思いだしたことがあった。およそ十日前、ここではちょっと離れた本所の料亭で、おかしな出来事があった。

客の数人がひどい悪酔いをした。身体がくたくたに疲れたようになり、動けなくなった。それだけだとめずらしくはない。

不思議なのは、その客たちの表情だった。笑っているような泣いているような、いちようにだらしなく崩れた表情をしていた。

しかも、そのうちのひとりは下戸だった。酒は一滴も飲んでいなかった。

それで原因は特定されたのだった。

「寿司ばかりに目がいってしまった。だが、寿司屋で出すのは魚だけじゃねえ」

と、亀無は言った。

「そりゃあ、わさびも出すし、卵焼きもね」

と万二が皮肉な笑みを浮かべて言った。

亀無は皿の上を指差した。

「いや、今日は出ていねえ。だが、その夜は出ていた」

「え？」

「きのこだよ」

「きのこ？　きのこの寿司は……」

「吸い物を出すだろ」

「…………」

万二が口をつぐみ、どこかで客が小さく、「あ」と言った。

またしても、しらじらとした空気が流れた。

「ほかの客も飲んだってか。だが、吸い物の中身なんざ変えられる。文七郎に飲ませた分だけに、刻んだきのこを入れたんだ」

「あっはっは、おもしろい話ですね。だが、証拠はあるんですか？」

と、万二は居直った。

そうなのだった。おそらく残りのきのこなどは、とっくに始末している。

となると、まず、そのきのこを売った男を見つけなければならない。本所の料亭にきのこを売りにきた男は、初めて見る男で、どこから来たのかもわからないということだった。

もっとも、見つける可能性はある。

また、きのこを持って売りにくるかもしれない。そのときに捕まえればいい。

ただ、それは十日後になるのか、あるいは来年になるのか、まったく予想はつかないのだった。

十一

どうしても、最後の詰めは難しかった。

だが、強引にしょっぴいても、詰めきれるかどうかはわからない。奉行所の連中も、強引そうに見えて、冤罪は恐れた。どこかに、天の裁きという漠然とした正義の感覚を持っていた。亀無はもちろん、その気持ちは強い。

ここは焦ってはいけない。そう自分に言い聞かせて、出直すことにしたのだった。

八丁堀に戻ると、志保がおみちと遊んでくれていた。

棒の先に糸と毛糸玉を結び、それで釣りでもするように、猫をかまっている。

猫は夢中になって、前足でそれをつかもうとする。その仕草が微笑ましい。

「貸して、志保さま、あたしにもやらせて」

おみちは立ちあがって、猫をかまいはじめた。

おみちはすっかり志保になついている。志保もおみちのことを気にかけて、よく遊んでくれる。

志保は赤子を亡くしている。その子が大きくなったときを、おみちと重ねあわせるのか。ただ、志保の子は男だった。

いままではおみちがなついたころになると、大高の家に戻っていってしまった。そのため、どこかに他人という気持ちもあったのだろうが、志保はもう嫁ぎ先を出てきた。戻る気もない。

すると、この先、おみちの気持ちも変わっていくのだろうか……。

「あたし、おみっちゃんが夜泣きする気持ち、わかるわ」

と、志保は小声で言った。

「志保さんもしてたの？」

「それは忘れたけど、怖かった記憶はある」

「怖かった？」

亀無は首をかしげた。

「そう。八丁堀ってところは、子どもが育つには怖いところなのよ」

「ここは安心だというので、店子（たなこ）になる町人は多いんだがね」

実際、そうなのである。

八丁堀の与力や同心たちは、あてがわれた土地を有効に活用するため、敷地に家や長屋を建てて貸している者が多い。亀無と松田の家は、堀に面していることもあって、それはしていないが、ここは治安（ちあん）がいいと人気があることくらいは知っていた。

「でも、それは大人の話でしょ。子どもにとっては、ここは始終ざわめいていて、物騒（ぶっそう）な噂が飛びかって、いつも事件の隣りにいるような気がするの。なにかあったときの緊張感を覚えていないの？　大人があっちの家、こっちの家から出ていくときの物音――やっぱり、わたしも怖かったわよ」

と、志保は目を細めるようにして言った。

「そういえば……」

三人やられたらしい。

まあ。

行ってくるぞ。

お気をつけて……。

父母の緊張したやりとりが、脳裏によみがえった。

「たしかに……」

暗い夜。理由のわからない音。

そういえば、おみつも、大勢の人が駆けていくとか言っていた。たしかに、そんな夜もあったのだろう。

「だからといって、ここから出るわけにはいかねえ」

亀無はつらそうに言った。

しかも、情けないが、同心以外の仕事をしている自分も想像できない。

「そうなの。でも、子どもというのは、与えられた運命を切り拓いていかなくちゃならないのよねえ。その困難さは、もう少しわかってあげないといけないんでしょうね」

それを志保にやってもらえたら……だが、そんなずうずうしい申し出を、亀無はとても口にすることはできなかった。

十二

夜が明けてまもなく、寿司鬼の万二は弟子の照吉とともに魚河岸に行こうとして、大川端の騒ぎに気づいた。野次馬が集まっていた。

「どうしたい？」

顔見知りの男がいたので訊いた。

「川を浚ってるみてえだ」

「ああ」

昨日、言っていた話だろう。

舟が二艘出て、もぐりのうまい漁師でも雇ったらしく、何度も水中と水面を行ったり来たりしている。

水はかなり冷たくなっているらしい。舟には炭の熾きた七輪がいくつも置かれて、震えがくるとそれで身体を温めている。

だが、深川に入りこんだ掘割ならともかく、ここは大川である。短刀一本探すのは容易なことではない。

いまのところ、なにも見つからないらしい。

それはそうである。見つかるわけがない。

「刃物が出ないんだよ」

亀無が知り合いと話す声が聞こえた。

舟には乗らず、岸のいちばん端に立っていた。

「そこらに捨てたかもしれないんだがねえ」

とも言った。

亀無の声は相変わらず、のんきそうだった。

ふと、違う声がした。近所の者が噂話をしているのだ。

「……そっちのおでん屋に寄ってたらしいぜ……」

誰のことを言っているのかと、思わず聞き耳を立てた。

「……寿司鬼を出て、ふらふらしながらおでん屋に寄ったのさ。そこじゃ裸になったけど、刃物なんか持っていなかったらしい。だったら、寿司鬼とおでん屋の半町のあいだに始末したってことだろ？」

「それで川を浚ってるのか」

聞いていた男もうなずいた。

——おでん屋に寄っていただと……。

そんなことはなにも言っていなかった。

だとしたら、ほんとにそのあいだに刃物を捨てていなければならない。

——しまった。

と、万二は思った。あのあとすぐに、大川にドスでも放りこんでおけばよかったのだ。

あとでやっておくか。暗くなってから、ちょっと沖のほうに投げ入れておけばいい。川を浚うのは、あと何日か続けるだろうから。

——いや、駄目だ。そんなことをしちゃ危ねえ。

万二は思い直した。

あいつ、ひっかけようとしているのだ。おれが刃物を大川に放りこんだとたん、どこかに隠れている岡っ引きが飛びだしてきたりするのだ。

——とんでもなく、したたかな野郎なんだ。

と、万二は自分に言い聞かせた。

あのとぼけた風貌と言葉使いのせいで、うっかりよけいなことを言ってしまったりする。昨日も仇討ちのことで「若すぎる」なんてことを、ぽろりと言ってしまった。おれは、なにも知らないはずなのだ。だから、そんなことは言うわけがない。

さいわい、亀無はなにも気づかなかったらしい。これからは、よほど気をつけてしゃべらなくちゃならない……。

「親方、まだ見ていきますか？」

と、照吉が訊いた。仕入れに行かなければならない。

「あ、いや……」

亀無の動きが気になる。

昨夜は落ちる寸前だった。よくもあそこで踏みとどまることができたと思う。それはまだ、娑婆に未練があるからなのだろう。

なんの未練？

自分でもよくわからない。

「よし、行くぜ」

万二は魚河岸に向かった。

簡単な買い物は照吉に任せて、万二は早めに店に戻ってきた。どうしても亀無のことが気になるのだ。

昨夜は、亀無の指摘に肝を冷やした。

きのこのことを見破られるとは思わなかった。

店に戻るとすぐに、下ごしらえにかかる。昼飯どきの客に向けた準備である。

夕べの売れ残りは、ここで使いきる。

「よう、いるかい？」

と、開け放った戸の向こうに男が立った。髪がいそぎんちゃくのように、もわもわっとしている。

万二は答えず、仕事に没頭してるふりをした。実際、口をききたくなかった。

「変なんだよなあ」

と、亀無は万二のすぐ前に来て、万二をのぞきこむように言った。これでは、しらばくれるわけにはいかない。

「なにがです？」

「じつはさ、昨日は言わなかったけど、ここを出た若い男は、そっちのおでん屋に立ち寄ったんだよ」

「ええ、噂を聞きました。おでん屋では刃物なんかなかった。だったら、うちとそこのあいだに刃物が捨てられていなければならない、というわけですよね」

「そうなんだよ」

亀無は、店の隅のほうに落ちてはいないかというように視線を向けた。なにかありそうで、万二はあわててしまう。

「あ、そういえば……」

亀無がのんきな口調で言った。

「なんですか」

万二はどうしても苛々してしまう。

「刃こぼれがあるはずなんだ」

「………」

胸がきゅっと締まった。

「検死の担当が言ってたんだよ。刃物は骨をこすっていたみたいなんだ。だから、使った刃物も刃こぼれしてるはずだって。そういうのが出て、証拠にもなれば、手がかりになるんだけどねえ」

亀無は疲れたような口調でそう言った。

万二はふと、下を見た。調理台の下に二本の棒が渡してあり、その隙間に包丁が差し入れてある。

五本ほどある刺身包丁のうちの一本が、わずかに曲がって刃こぼれもあるのが見えた。あのとき使った柳刃である。ほんの少し。素人(しろうと)ならわからない。

だが、包丁に命をかけてきた寿司職人ならわかる。冷や汗が出た。

――そんな馬鹿な。

やっぱり、あのときにできたのだろうか。

「さて、もう少し続けるか」

「なあに、そのうち出ますよ」

と、万二は言った。

やはり、包丁は大川に投げ入れておかなければならない。どこかで見張っているのだったら、船に乗って、そっと落としてやれば見つかりっこない。

「だといいんだがな」

そう言って、亀無は出ていった。

万二はすぐに包丁を手にする。刺身包丁。目の高さにして、じっと見た。

曲がっているといっても、ほんのわずかである。刃こぼれもわずかなものである。上から見たのでわかったのだろう。

――簡単に修理できる……。

砥石の上に置き、別の包丁の頭で叩いた。

たいして力も入れていないのに汗が流れた。

「おう、万二」

すぐ脇で声がした。

「ぐっ」

「悪いな。おめえの包丁はこっちなんだ」

亀無がいつの間にか中にいて、笑いながら包丁をかざした。

「なんと……」

「魚河岸に行っているあいだに、裏からまわって、取り替えさせてもらったんだ」

「そうだったんで……」

包丁が落ちた。

もう、観念するしかなかった。

「使った毒はきのこだろ？」

「ええ。本所で中毒騒ぎを起こした野郎は、うちにも来てましてね。怪しい気がして、使わずに取っといたのがあったんです」

「やっぱりな」

「見破られるとは思いませんでした」

「なあに仇討ちからは逃げられても、人は罪から逃がれることはできねえのさ」

「おっしゃるとおりですね」

「よかったよ。吐いてくれて。じつは、よほど切れ味のいい包丁だったみたいで、刃こぼれはなかったんだ」

「そうでしたか」

「でも、ちっと曲がってたのは本当なんだぜ」

亀無はすまなそうに笑った。


「返り討ちなんだろ?」

と、亀無は訊いた。文七郎殺しは、そう見なすこともできなくはない。

「さあ、どうなんでしょうか」

万二は首をかしげた。

これが仇討ちということになれば、裁きはどうなるかわからない。もしかしたら町奉行所ではなく、代官の家来のことなので、勘定方の裁きになるかもしれない。

返り討ちということになれば、普通の人殺しとは違ってくる。

だが、文七郎は名乗ったわけでもなければ、それを証明するのも難しい。

亀無ができるのは、あきらかに文七郎を殺害した者に縄をかけるところまでで、その先がどうなるのかは、いろんな人の判断がかかわってくるのだろう。

返り討ちだったとしたほうが、万二にとって都合がいいのだが、それを言うつもりもないらしい。

「疲れちまったみたいです」

「逃げ続けるのは疲れるんだってな」

亀無は言った。同情の気持ちがある。

「十年前です。あっしは伊豆の駿河側にある街道筋の村の、代官の家来でした。武士の格好はしても、陪臣だし、微妙な家柄です。文七郎の家も同じです。もとはひとつの家から分かれたらしいとは聞いたことがありますが、もう両家の仲はひどいことになってました」

「なるほどな」

「どっちの家も裕福でした。ともに豪農として近在では知られ、街道には繁盛する店を持っていたりして。それもよくなかったんでしょう。貧しかったら逆に助けあったのかもしれません。このふたつの家で、代官から与えられる仕事をめぐり、つねに優劣を競いあってきたのです」

「そりゃあ大変だ」

「自分でも、なんてくだらねえ競いあいだと思ってました。だが、とてもそんなこと言える雰囲気ではないんです。家族、親戚一同が、あいつらには負けるなと必死ですから……」

「そういうふうになるんだろうな」

そこまで極端な例は知らないが、やたらと競いたがる人は、八丁堀にも少なくはない。

疲れるだろうにと思うが、それが生きがいのようになっている人もいる。

「将軍さまの行列が通る際の警護で、目立つところの奪いあいがはじまり、互いにむきになって、刀を抜く始末です。あっしと文七郎の兄の文蔵(ぶんぞう)。どっちが勝ってもおかしくない喧嘩で、あっしが勝ったのはたまたまでした。だが、仇討ちまで持っていかないと、おさまりがつかない。結局はこのざまです。文七郎だって、ほんとのところはうんざりしていたような気がします」

「そうだろうな」

「くだらねえ人生でした。もっとこの道を極められたはずなのに」

と、万二は悔しそうに自分の手を見た。

照吉が戻ってきた。

縄はかけられていないが、同心の脇でしゃがみこみ、うなだれている万二を見て、

「なにかあったので？」

と、かすれた声で訊いた。

万二はそれには答えず、亀無に向かって言った。

「旦那、ちょっとだけ待ってもらえませんか？」

「どうした？」

「娑婆に対する未練の正体に気がついたんです。なんで昨夜、潔く捕まらず、じたばたしたのか。それは、寿司職人としての技を完成させていない、という思いのせいなんです」

「うん」

「でも、もうあっしにはたぶん難しいでしょう。だが、こいつに伝えてきたものがある。それをちゃんと渡してから行きたいんで」

「ああ、その気持ちはわかる気がするぜ」

亀無は店の隅に置かれた樽に座った。

「照吉。おいらはちっと旅に出ることになった。この旦那と一緒にな」

「八丁堀の旦那と……まさか、あの……」

ようやくいまの事態と、親方の覚悟を察知したらしい。顔色が白くなった。

「それで、この店はおめえに譲りてえんだ」

「なんですって」

「大丈夫だ。おめえならやれる」

「無理ですよ」

「いや、握ってみな」

万二は鮪を指差した。

「でも……」

「いいから。おれのためだ」

「へい」

照吉はまな板の前に立った。鮪はこの店の看板であり、誇りでもある。その赤身の塊をつかんで、まな板の上ですっとおろす。

その鮪にわさびを塗る。

右手で酢飯をすっとすくう。このときすくった飯の量は、米粒を数えてもほとんど変わらないくらいらしい。

ネタの上に丸めた酢飯を置いた。

さっと手が返った。

「そう、その返しだ」

と、万二は言った。

左手に載った寿司の上で、右手がすばやく動いた。かたちが整えられる。

「へい、お待ち」

寿司が皿に置かれた。すっきりしたかたちの、いかにもうまそうな寿司ができあがっていた。手をのばしてつまみたい。

「いいかたちだ」

と、万二は笑顔で言った。

「ありがとうございます、親方」

「もう、大丈夫だ。おめえに任せたぜ」

亀無は、人から人へと伝わっていくものを見たように思った。

第二話　当たりすぎた占い

一

先頭に並んだ若い女が、後ろの友達らしい女に声をかけた。

「遅いわね、圭斎（けいさい）先生」

「どこか具合でも悪いのかしら」

と、後ろの女が答えた。

ふたりとも寒いらしく、しきりに足踏みをしている。

「だいぶ詰まってきたわよ」

「ほんとね」

後ろには十人近くが並んでいる。その数を見ると、諦（あきら）めて帰ってしまう客も多い。圭斎がひと晩におよそ十人ほどの相談しか受けつけないという事情は、多くの人に知られているのだ。

売れっ子占い師の、江戸橋圭斎。いつも江戸橋のたもとあたりに座るため、そんなふうに呼ばれている。

よく当たると評判で、客は引きもきらない。

「あの先生、歳はいくつくらいなの？」

先頭の女が訊いた。

「意外に若いらしいわよ。占いのときは、ずいぶんと人生を知り尽くしたみたいなこと言うけど」

と、二番目の女が言った。

「四十四、五？」

「まだ、三十なかばって聞いたけど」

「あら、そう」

「狙う気？」

「やあね」

女たちは、待っているあいだも、おしゃべりを楽しんでいる。本当に悩みがあって来ているのかと、疑いたくなるほどである。

だが、男のほうは、そうはいかない。数人後ろでは、立派な身なりの男が苛々していいる。

先頭の女がちらっと見て、

「札差かしら」

と、小声で言った。

「それはわからないけど、大店の若旦那あたりね」

「金持ちも来るのよねえ。そういえば、歌舞伎の坂東馬三郎も観てもらってるって噂よ」

「馬三郎だけじゃないわ。絵師の歌川広助だってお得意さまだってよ」

「そうなの？　並んでるの見たことないけど」

「並ばないわよ、あの連中は。圭斎先生が行くのよ」

「あら、そう」

「若年寄だかをなさっている、お大名の屋敷にも行くそうよ」

「すごいわね」

「成功した人なんて、いまさら運命を観てもらう必要などないわよねえ」

「ほんとよ」

「なんでも、こんな路上に出るのはもうやめにして、自分の家でやるなり、見料を高くして家を訪ねることだけに絞(しぼ)ればいいと、とある大物からも勧められたんですって」

「まあ。じゃあ、あたしたちはもう観てもらえなくなるの？」

「いいえ。圭斎先生は、わたしを待っている町の人たちがいるからと言って、断わったそうよ」

「さすがねえ」

と、感心すると、話を聞いていた数人後ろの男が、

「でも、こうやって待たせてるってことは、訪ねるほうを優先させてるってことさ」

皮肉っぽい口調で言った。

「もう暮れたわね」

暮れ六つの鐘(かね)は、とうに鳴り終わっている。

「ほんと。どうしたんだろ？」

さすがにおしゃべりの女たちも、刻限を気にしだした。遅れることより、自分たちの時間が削(けず)られるのが納得いかないのだ。

「誰か家をのぞいてきたら?」

「家なんか知らないわよ。どこに住んでるの?」

「あたしも知らない。でも、いつもそっちのほうから来るわね」

と、江戸橋の東、照降町（てりふり）のほうを指差した。

さすがに江戸の中心地で、指差した方向も明かりに満ち、人通りは絶える間もない。


その主斎だが——。

江戸橋からも近い浜町堀（はま）の木陰で、ひとりの女を待っていた。

新大橋（しんおおはし）からも近いところで、もっとにぎわっていてよさそうだが、そうでもない。ここらは武家地になっていて、しかも大名の下屋敷が並び、周囲はひっそりとしている。

落ち葉の季節で、夜のあいだも、はらはらと枯（か）れた葉は散り続けている。かさこそと、その落ち葉が鳴った。

——来た。

あとをつけ、ひとけのないところで声をかけた。

「おや、おげんさんじゃないか」

「え？」

振り向いて、提灯をかざしながらおげんは、圭斎の顔を見た。すぐに、キッと眉がつりあがった。

なんせおげんは身体が大きい。背丈は五尺八寸ほどはあり、五尺足らずの圭斎を上から犬でも叱るように睨みつけてくる。

「あんた……待ち伏せかい？」

「そうじゃない。たまたま会ったんだよ」

「へえ」

おげんは疑わしそうに圭斎を見た。

圭斎はにこやかな笑みを浮かべている。

これが、女たちにうけるのだ。圭斎が話を聞いてくれるだけでも料金の価値はあると言われるのも、この感じのいい笑みのせいだろう。

だが、おげんはもう、この笑みを信じてはいない。

「この前のあんたの文句について考えた。これで勘弁してもらえぬか」

と、圭斎が五両の金を出した。

「冗談じゃない。あたしゃ、こう見えても金が欲しいんじゃないんだ。世の中にはびこる、いんちき占いが憎いんだ」

　おげんは小判を見つめながら言った。

「しかし、占いというのは、どうしても外れることはある」

「あんたのは当たりもしないよ」

「だが、当たると言って喜(よろこ)んでくれる人も山ほどいる」

「それなんだけどさ。あたし、信じてないんだよね。あんたの占いって変。すごく怪しい。あたし、なんとなくわかってきた。なんで、あたしの運勢がちっとも当たらなかったのかのわけもね」

「なにを言う?」

「ま、いいや。もう、あんたに文句は言わない。でも、騙された仕返しはかならずしてやるよ」

　やっぱり、そうだ。こいつ、間違いなく気がついたのだ。いちばん怖(おそ)れたことが起きようとしているのだ。

「そういうことをしていると天罰がくだると、占いにも出たぞ」

　脅(おど)すように言った。

「誰が信じる」

おげんはそっぽを向き、歩きだそうとした。

「ほら、こうだ」

圭斎は、砂をぎっしり詰めてきた棒状の袋を懐から取りだして、いきなり頭を殴った。倒れるのを期待したが、立っている。わずかにふらっとしたところを、首を絞めにかかった。

だが、背が高すぎて、うまく手に力が入らない。大木に張りついた蝉になったような気がする。

すると、おげんはのしかかってきた。足がからんだ。相撲の外掛けをされたみたいに、後ろに倒れた。背中を強く打ち、のしかかってきたおげんの重みで、こっちが潰されそうになった。

だが、首にまわした手は外れていない。圭斎は必死で絞めた。こっちがつぶれるのが先か、向こうの息が止まるのが先か。

――ん？

目の前を、赤子の手がいくつも横切っている。どきりとした。よく見ると、色づいた楓が散っているのだった。

もう一度、力をこめた。

「みゅう」

仔猫の鳴き声のような声が最後にした。

やっとのことで動かなくなった。

それでもまだ、圭斎はしばらく、おげんの首を絞め続けた。

二

翌日――。

占い師の圭斎が江戸橋のたもとに座り、いつものように客を占っていると、いつの間にか脇に男が立った。まだ冬だと思っていたのが、庭につくしが生えているのを見つけたみたいに。

客は五人ほど残っていた。

「ああ、ちっと悪いな」

遠慮がちに話しかけてきた。

「は？」

「北町奉行所の亀無という者だ」

「奉行所のお役人？」

と、しらばくれたが、内心は胸が締めつけられる思いだった。

昨夜の犯行である。身元だって、なかなかわからないほどだろう。それをもう、奉行所から人が来た。

なんて早いのだろう。

——この男……。

見覚えがある。このあたりを何度も通っている。

町方の同心の格好は、もちろんおなじみである。格好は同心だが、定町廻りではない。歩きっぷりがまるで違う。たらたらと歩く。うすらでかい小者を引き連れ、まれに歳のいった岡っ引きも加わることがある。

「あのね、訊きてえことがあるんだ」

「急ぎますか？」

非難めいた口調で訊いた。

「あ、いや、待ってるよ」

そう言って、そこに座った。すぐ脇である。

「そんな近くにおられても、ちっとやりにくいんで。お客も大事な相談をしますのでね」

「それもそうだよな」

と、二間ほど向こうの柳の根方に座った。

お客の若い娘が、

「変な同心ね。気味悪い」

と、低い声で悪口を言った。

五人を観るのに半刻以上かかった。そのあいだ、同心は退屈もせず、座って待っていた。

ひとりだけ、常連の女になにか訊いていたのが気になったが、圭斎の占いを信じきっている女である。悪口は言わないだろうし、よけいなことも知るはずがない。

ようやく、最後のひとりが終わって、

「お待たせしました」

と、亀無のほうを向いたとたん、腰にひどい痛みが走った。昨日、おげんに押しつぶされたときの、打ち身のせいである。

「痛たた……」

「大丈夫かい？」

亀無は心配そうに訊いた。

「どうにか……」

「打ち身じゃねえのかい？」

嫌なことを言う。

「長く座っていると、腰にきますので」

「そうかもしれねえ」

「退屈したでしょ？」

「なあに、おもしろかったよ。筮竹（ぜいちく）だの、天眼鏡（てんがんきょう）だのは使わねえんだな？」

「観ようと思えば観ることはできるんです。ただ、わたしの場合は夢で占いますので、とくに道具は使わないのです」

「夢でねえ」

「下手人（げしゅにん）でも占いますか？」

「え、できんのかい？」

と、同心の亀無は目を丸くした。

――こいつはさぞ、同僚たちから抜け作扱いされているんだろうな。

と思った。

「できなくはないですが、それだと同心さまの仕事を取りあげることになるでしょうから」

「そんなことはいいんだ。仏だって、おいらの手柄より、一刻も早く下手人をあげてほしいって思ってるだろうから」

「ま、冗談はともかく……」

と、ごまかしたが、この同心、意外に本気そうなのには呆れてしまう。

「それより、御用の筋ですか？」

「うん、そうなんだ。おげんという女は知ってるかい？」

「おげん……身体の大きな女ですか？」

そう言ったとたん、のしかかってきたときの重さを思いだした。危うく、こっちが殺されるところだったのだ。

女につぶされて圧死。そんな死に方、どんな占いでも出てこないだろう。

「そのおげんだが、殺されたんだよ」

「えっ」

自然に驚きの声が出た。

「知らなかった？」

「はい」

「そりゃそうだよな。昨夜のことだもの」

「そうでしたか」

こんなに早く、なぜおれのことがつながったのか。

身元がわかるようなものは、なにも持っていなかったはずである。

だが、それは訊けない。

「ここの客だってな？」

と、亀無は訊いた。

「ええ、何度か」

「どんな女だった？」

と、亀無はそっぽを向いたまま訊いた。

――ここは正直に言うべきだろう。

と、圭斎は思った。おげんが怒っていたことをある程度、嗅ぎつけたからこそ、ここに来ているのだ。下手な嘘をつけば、逆に怪しまれるに違いない。

「じつは、ちょっといざこざがありましてね」

「いざこざ？」

「わたしの占いが当たらなかったおかげで、損をこいた。損害を弁償しろ、と言われていたんです」

「そりゃ、理不尽だな」

「でしょう？」

「占いなんざ当たるわけがねえのに、信じたほうが馬鹿だよな」

当たるわけがないなどと言われると、かなりむっとする。この男も無神経なのか、遠慮がちなのか、よくわからない。

「だが、あの女は悔しくて納得がいかないみたいで。わたしも本当はそういうことはしないのですが、いただいた料金は返すと言ったんです。なんせ、ほかの商売の邪魔になりますので。だが、料金なんかより、損した分を返せと」

「いくら損したんだろう？」

「なんでも五両だの十両だのと言ってましたが、本当かどうかは……」

「ふうん。本当だったら、ひとり暮らしの女にしたら大金だな」

ひとり暮らしなら、十両あれば一年は贅沢して暮らすことができる。

「ええ。そんなものを返せと言われてもね」

「おげんの友達にも、ずいぶん愚痴ってたらしいや」

「そうですか」

　やはり、そういうものがいたのだ。

「おげんはこう言っていたそうだぜ。占いが本当にそう出たならしかたがない、でもあれは間違いなんだって」

「それはわたしにはなんとも」

「だよな」

　と、亀無は理解のあるところを見せ、

「友達も言ってたんだけど、辛の寅だか、丙の猿だか忘れたけど、干支占いのほうでも、恨むとしつこい性格だと言われていたみたいだ」

「その占いが当たるかどうかは微妙ですが、しつこかったのは事実です」

「何度も来たのかい？」

「回数はそうでもないんですが、一度来ると、半刻（約一時間）はずうっと文句を言ってましたね」

　見るに見かねたほかの客が、追い払ってくれたこともあった。

「いつごろ？」

「ふた月ほど前から三度か四度、やってきました。でも、この十日ほどは来てなかったですね。諦(あきら)めてくれたかと、ほっとしていたんですが」

「あんただけじゃねえんだ」

「え？」

「ほかにもいろいろ文句をつけていたらしい」

「ああ、そうでしょうね」

自分だけではなかったのだ。それなら、ほかにも怪しまれるべき連中はいるということだろう。圭斎は少しだけ、安心する。

「あんたには、なにか言ってなかったかい？」

「とおっしゃいますと？」

「悩みを相談するんだろ？　こっちのことはさておき、ほかの悩みを相談したりしたことは？」

「ああ、あったかもしれません。思いだしてみます」

じつは、そんなことはまったくなかった。だが、ごまかすのに都合がいいように利用できるかもしれない。

誰か、罪をなすりつけられる奴はいないだろうか……。

「それと、さっき聞いたぜ。なんでも、有名人がいっぱいあんたの占いを頼ってるっていうじゃねえか」

亀無は急に下卑(げび)たような顔になって訊いた。こいつも有名人の噂(うわさ)が大好きな俗物(ぞくぶつ)なのだ。

「そうなんですか」

と、とぼけた。常連のさっきの女がしゃべったのだろう。

「有名人も、なにかに頼りたくなるんだろうなあ」

「まあ、人間ですからね」

「誰が頼ったの？」

亀無はさらっと訊いた。引っかけたつもりなのだ。

あいにくである。お客の名前など、占い師が出すわけがない。もっとも、向こうが出すのは止めようもない。

「あたしはべつに有名人だからと特別扱いはしないんで、名前を訊くこともないんでね」

冷たくあしらってやった。

三

江戸橋圭斎は、そっけない挨拶をすると、さっさと引きあげてしまった。

亀無剣之介のほうは、腕組みして見送るばかりである。

しつこく引きとめるほどの理由はない。

圭斎は小柄な男である。だからというわけでもないだろうが、すぐに闇の中に見えなくなった。

——あれ？

なにか気がついたような気分である。だが、まだはっきりはしない。

——また、面倒な事件を押しつけられたのか……。

亀無はすっかり暗くなったあたりの景色に向かって、ため息をついた。

おげんが殺されたという現場は見ていない。

昨日まで他の事件の後始末で、品川に行っていたのだ。

夜遅くに戻り、今日の朝、奉行所に出ると、この事件を担当するようにと言われた。前の事件で非番を潰していたので、少し休みを取りたいと申し出ようとした矢先だった。

もごもごしているうちに、上司は行ってしまう。

いつもこうである。

「がっかりだなあ」

ぶつくさ言いながら、殺された女の家に向かったものである。

ちょうど葬式の最中だった。

遺体は浜町堀の脇で酔っ払いが見つけたが、身元はわからなかった。

そこへ、同じ習い事に行っていた近くの友達が、深川に行く途中で騒ぎに出くわして、身元も知れたというわけだった。

亀無はお経が終わるのを待って、早桶を開け、遺体を見た。早桶は遺体を座らせて入れる。大きな女で、蓋に頭がつきそうだった。

検死をした年寄り同心は、信頼のおける大先輩である。報告のとおり、頭の横のほうに殴打の傷があり、首を絞められた痕の痣も認められた。殴ってから首を絞めたのだろう。

ただ、亀無はなにか気になった。

——なんだろう？

いくら考えてもわからず、苛立たしい気持ちだった。

寂しい葬式だった。お経をあげてさっさといなくなった坊主のほかには、男女ふたりが座っているだけである。

長屋だったら、同じ屋根の下の住人たちが弔問に来ている。だが、ここは一軒家になっていた。

なまじ外の天気がいいので、みんな一緒に涅槃に来たみたいだった。

しばらくの沈黙のあとで、

「身寄りは少ないみてえだな」

と、亀無は男のほうに訊いた。

「ええ」

三十なかばくらいの、きちんとした身なりの町人がうなずいた。

「おまえさんは?」

「この人を囲っていた者の倅です。すぐそっちで、いかだ屋という店をしています」

「囲っていたという旦那は?」

「三月ほど前に、ここで亡くなりました。卒中の発作を起こしまして」

「あんたも律儀だね」

「いろいろごたごたはあったのですが、おやじがかわいがっていた女なので」

と、苦笑した。

「大きな女だったみたいだね？」

検死の担当も驚いていたほどである。報告書にもちゃんと、「驚くほどの」と書いてあった。

「そうなんです。五尺八寸ありましたから」

「そいつはすごい」

「目方もだいぶありました」

「だろうな」

そういう遺体だと、ときどき早桶の底が抜けて、大騒ぎになったりする。

「おやじは五尺ちょっとでしたが、大きな女が好きだったみたいで」

「なるほど」

「うちは材木屋なんですが、祖父がよく言ってました。おやじは子どものときから、丸太にしがみついて寝るのが好きだったそうです。おげんと寝ると、子どものころの気持ちに帰ることができたのかもしれませんね」

「へえ」

人の趣味趣向はさまざまである。丸太のような女が好きだったり、竹ひごのような女が好きだったりする。

「だから、あんな大きな女の首を絞めるのは、あたしらみたいな背の小さな男には難しいでしょうね」

倅のほうも小柄である。

「そうかもな」

亀無はうなずき、

「あんたかい、遺体を見つけたのは？」

と、部屋の隅にいた女に訊いた。

「そうなんです。あたしは、おげんさんの友達で、おたづといいます。近所に住んでいて、髪結いをしてます。よく、おげんさんも遊びにきてくれてました。一緒に深川の師匠のところで、清元を習ってたんです。昨夜もそれだったんですが、あたしは仕事が終わるのが遅く、いつもおげんさんは先に行ってました。それであたしが、騒ぎにぶつかったというわけです」

おたづはそう言って、ため息をついた。

「おげんはいくつだったんだ？」

と、亀無がふたりを交互に見て訊くと、

「おげんさんは若く見えましたが、三十九になってました」

いかだ屋の旦那が答えた。

たしかに遺体になっても若く見えていた。

「誰かと揉め事になってたりしたのかい？」

「ああ、いくつかは」

と言って、おたづはちらっと、いかだ屋の旦那を見た。

まるで、いかだ屋が怪しいと言わんばかりの目つきである。

「冗談じゃない。そりゃあ、うちは遺産のことですったもんだはありましたが、そっちも折りあって、最近は静かなもんでした」

旦那はあわてて弁解した。

それはおたづも認めた。

「そうですね。いかだ屋さんからは、新しく小商いをはじめるくらいの金はもらった、と言ってました」

「ほかには？」

「占い師の江戸橋圭斎と、深川の白粉屋と揉めてるみたいでした」

「占い師と白粉屋ねえ」

亀無は不思議そうに言った。

「いただいたお金の使い道のことで、圭斎のところへ相談に行ったのですが、まるで別人のことを占ったみたいに、まったく当たらなかったんだそうです。しかも、圭斎が勧めた小商いも、白粉屋というほとんど縁のない商売でした。あたしもやめたほうがいいと言いました。それでもおげんさんはその商売をはじめて、心配したとおり、失敗してしまったんです」

「失敗？」

「ええ、仕入れた白粉が粗悪品で、白粉屋にも騙されたと怒ってました」

「そういうことか……」

これで、とりあえずその日のうちに、江戸橋の占い師を訪ねることにしたのだった。

もうひとつ――。

亀無はおげんの家で、引き出しから妙な紙切れを見つけた。

なにが書いてあるのか、さっぱりわからない。

「なんだろう？」

と、いかだ屋の旦那と、おたづにも訊いた。

「さあ？」

首をかしげるばかりだった。

いま、それは亀無の懐にある。

なんなのかは、さっき圭斎の様子を見ていてわかった。

占ってもらう女たちに、圭斎がささっと書いて説明するのだ。文字とも絵ともつかない奇妙なものだった。

四

昨日の夜、ずっと気になっていながら、正体をつかめずにいたもの――それがなんなのか、亀無は、朝に目を覚ましたとき突然、気がついた。

そういうことは、ときおりある。

たぶん、自分が知らないうちに、夜じゅうずっと考えていたのではないか。こういうときは、卵からひよこが出てきたときのような快感がある。

それは、おげんの首についていた指の痕が、ずいぶん斜めになっていたということだった。背の低い圭斎との関係を意識したというわけである。

おげんの遺体は、今日の朝、茶毘に付されると言っていた。あわてて飛び起き、おげんの家まで走った。

さいわい間に合って、痣の大きさや、斜めになった角度まで計ることができた。

ただ、道々思ったのは、この斜めの指の痕が、かならずしも背の小さい者が、大きい者の首を絞めたという証拠にはならないことだった。

相手を押し倒し、腹に乗っかったまま首を絞めれば、同じように斜めの痕になるだろう。

――それでもやはり……。

亀無は圭斎のことが気になって、昼過ぎから江戸橋のたもとにやってきた。

圭斎はいない。どっちにせよ、今日、話を訊いても、あらたに訊くようなことはない。背が小さなおまえが下手人だ、とはいかない。

江戸橋界隈で占いをしているのは、圭斎だけではない。ほかに数人出ている。

ただ、繁盛しているのは、圭斎だけだった。

ほかの連中は、繁盛する圭斎を横目で睨みながら、じっと座り続けているのだろう。そんな流行らない占い師のひとりに訊いた。『手相見の南斎』と張り紙があった。

「ちっと圭斎のことを訊きてえんだ」

「事件ですか？　圭斎が疑われてるとか？」

南斎は嬉しそうに言った。

「そんなこと言えるか。一昨日の夜なんだが、圭斎はずっとあそこに座っていたかい？」

「ずっと？　遅くなってからはいましたが、昨夜は出てくるのが遅れたんです」

「本当かい？」

「ええ、だいたいあの野郎は暮れ六つ（午後五時）前から観はじめて、四つ（夜九時）ごろに十数人分が終わるといった感じです。ところが昨夜は五つ（七時）くらいになって、やっと出てきたんです。客もすっかり待ちくたびれましてね、何人かは怒って、途中で帰ってしまいましたよ」

「そんなことがあったかい」

「こっちに来ればいいのに、こっちには来やがらねえ」

と情けない顔をした。

「あんな野郎の占いなんざ、待つほどのことでもねえのに」

「でも、有名人の贔屓もいっぱい、いるんだってな」

「まあ、それはそうみたいですが……。あいつのうまいところはね、それを露骨に自慢せず、さりげなく伝わるように仕向けるんです。たしかにそのほうが客を引っ張りますよ。ずるい野郎です」

と、南斎は悔しげに言った。

「だが、おいらには教えてくれなかったぜ」

「たぶん、なんか後ろめたいところがあるんですよ。あいつを贔屓にしてるのは、歌舞伎役者ですと、坂東馬三郎、絵師だと歌川広助といったあたりですか。おれたちなら訊けないが、旦那なら訊ける。あいつの胡散臭さを、あばいてやってください よ」

と、すぐに教えてくれた。どんどん調べて、なんでもいいから圭斎はしょっぴくべきだという態度である。

この日、坂東馬三郎は中村座に出ているというので、亀無はまず、中村座がある浅草の猿若町へと向かった。

中村座はいつもながら、よく客が入っている。

「調べのことで、馬三郎さんに会いたいんだ」

　と、木戸番に言った。

　楽屋まではすんなり通してもらえた。

　ところが、役者というのはほんとに性質が悪い。町方の同心なんぞは舐めきっているらしく、訊いたことにも満足に答えようとしない。

　化粧をしながら、気のない調子で、

「あたしが圭斎を贔屓に？」

　と、言った。鼻の下を伸ばしたり、短くしたりする。その表情が、こっちを小馬鹿にしているようで、腹立たしい。

「ええ、馬三郎さんは、どういう芝居をしたらいいかまで占ってもらうとか」

「それは圭斎が言ったんですか？」

「いや、周囲の噂だよ」

「あっしは、自分の役がどういうものかくらいは知ってるつもりです。そんなことを占ってもらってるようじゃ、お仕舞いでしょうよ」

「じゃあ、芝居以外のことを？」

「なにをおっしゃるんで。役者は芝居ひと筋。あとはどうでもいいことでさあ」

結局、圭斎のことなど、なにも訊けない。

「よかったら、差し入れの弁当を食べてってくださいよ」

と、鰻重を開けてみせたりする。

おとぼけ一辺倒で、どうにも埒が明かなかった。

次に、尾張町の版元に行って、人気絵師の歌川広助の住まいを訊き、すぐ近くの家を訪ねた。

広助のほうは気さくな男だった。

「ええ、圭斎さんのこと? あの人は占い師として、当代随一でしょうな」

と、太鼓判を押した。

「あたしは、役者絵ばかり描いていたが、ちっとも売れなかったんです。ところが圭斎さんが、風景画を描くといい、と勧めてくれましてね。すると、この人気ですよ」

それについては、さっき版元でちらりと聞いた。実際は、版元でもずいぶん風景画を勧めていたのだが、聞く耳をもたなかったのだという。

だが、そんなものだろう。

おそらく版元も亀無と一緒で、言葉に説得力がないのだ。亀無もせっかく忠告してあげているのに、相手が聞こうとしないなんてことはしょっちゅうである。

「あんなに当たる占い師はいません」

「そうかね」

「全部わかるんだから。あたしも知らなかったようなことまで」

「どういうこと？」

「簞笥の上に、古い猫か犬の人形が置いてあるはずと言うんです。あっしは、そんなものありませんと答えましたよ。いや、そんなはずはない。それには人の恨みがこもっているから、捨てたほうがいいと、圭斎さんは自信たっぷりに言いました。あっしは、こればかりは圭斎さんの外れだと思いながら家に帰ったんですが、簞笥の上を見て驚いたねえ。ほんとにあったんですよ。ずいぶん昔、浅草で買った猫の人形が」

「へえ」

「すっかり忘れてたんだ。ずっと売れ残ってたやつを買い叩いたものなんだけど、やっぱり怨念がこもってたんだねえ」

「そんなことまで当たったのか」

　亀無も驚いた。

ちょっと会っただけだが、それほど霊感があふれ出ているようには見えなかった。

「旦那も見てもらったらいいですよ」

「運が開けるかね？」

「ええ、大泥棒を四、五人続けざまに捕まえたり……」

それよりも、四、五日休みのほうが嬉しい。

「だが、まるで当たらなかったという人もいるんだ」

「それはいるでしょう。ああいうものには、相性がある。いや、相性はなににだってある。親子にも相性があれば、絵にもある。あたしがものすごく気に入った絵が描けたとする。これは誰が見ても好きになるだろうと思っても、そうではない。まるでよさがわからない人も、いっぱいいる。そういうものなんです。占いだって同じですよ」

「なかなか深いな」

亀無はお世辞でなくそう思った。

「そうですよ。だから、この人は合わないなと思ったら、占い師を替えてみればいいんです。損をさせられたって？　そりゃあ、客が悪いですよ」

五

外れた恨みというのはどんなものなのか、ほかの易者にも訊いてみることにした。

親父橋のたもとに、いつも八卦見と人相見が小さな台を並べている。ともに四十前後の男女で、このふたり、どう見ても他人なのだが、じつは夫婦らしい。

他人に見られるのは、ひとつには歳の差からだろう。どう見ても、男は二十代、女は五十代である。顔も似ていない。

もうひとつは言葉使いからで、あまりに丁寧で、まさに他人行儀なのだ。尊敬しあっているから、こういう言葉使いになるのだという。

見料はふたりに観てもらっても、片方だけが観ても一緒である。だから、ほぼ全員がふたりに観てもらうという。この得した感じが理由なのか、このふたりも圭斎並みとまではいかないが、相当に流行っている。

亀無はこっちのふたりとは、顔なじみである。以前、この近くで白昼堂々の強盗があったとき、くわしく目撃譚を聞いたことがあった。

人相見だけあって、伝えてくれた顔の特徴は正確で、おかげで下手人を捕まえることができたのだった。

ちょうど、男の八卦見のほうはふさがっていて、女の人相見が空いていたので、

「おいらも易者をやろうかな」

と、人相見に声をかけた。

「なんで?」

「毎日、のんびり日向ぼっこができるんだろ」

実際、雨の日は出てこない。寒い夜も出てこない。

「やあね」

「易ってのはやっぱり、外れることもあるんだろ?」

「あるんだろって旦那、外れるのがあたりまえなんだよ」

「いいのかよ、そんなこと言って?」

「人相見はいつも正直」

「そうなのか」

「そうだよ。半分当たればいい。六割当てたら当てすぎだよ」

「六割でなあ」

もう少し当ててもよさそうである。

「八割なんか当てたら身がもたない。こっちの運命まで削ることになるんだから」

「すごい商売なんだな」

「そりゃそうさ。運命と向きあうんだ」

と、胸を張った。

「でも、外れたと文句を言ってくるのもいるだろ？」

「そりゃあ、いるさ」

「そういうときはどうすんだよ？」

「相手になんかしないよ」

と、人相見は鼻で笑った。

そこへ八卦見のほうも手が空き、話を聞いていたらしく、

「旦那、文句なんか気にしてたら、占いなんかやってられませんよ」

と、口をはさんだ。

「そうなのか。じゃあ、占い師が外れたことで文句を言われ、カッとなって殺したなんてことはありえないか？」

「文句を言われたから殺した？　するとあっしは、いままでに十七、八人ほど殺してきたかな」

八卦見がそう言うと、

「あんたはまだ少ない。あたしゃ軽く三十人は超える」

人相見は豪快に笑った。

ということは……なにか、別の理由があったのか。

あるいは、もうひとりの白粉屋が怪しいのか。

六

亀無は、おげんが文句をつけていた白粉屋に向かった。

おげんのところに、その白粉屋の袋がたくさん置いてあり、店の名やら効能やら住所まで入っていた。

おかげで調べる手間がはぶけた。

深川もだいぶ外れである。木場を過ぎ、大横川を渡った深川末広町という町である。すぐ前には、十万坪と呼ばれる広大な新田が広がっていた。

〈成田屋〉という歌舞伎役者みたいな屋号を持っている。

——ほんとにここか？

亀無は、店の前でちょっとたじろいだ。炭俵が積みあげられている。黒く煤けたような店先といい、どう見ても炭屋である。奥を見ると、白粉らしき袋もあるにはある。

「ここは、白粉屋の成田屋かい？」

と、声をかけた。

「そうですよ」

奥から返事がした。

「ちょっと訊きてえんだ」

「なんでしょう？」

なにかやっているところらしく、出てくる気配はない。

「この炭俵はなんなんだ？」

「ああ。白粉屋はあっしがはじめた商売でしてね、おやじは炭屋をしてたんです。そっちもぼちぼちは扱っているもんで」

「そういうことか」

「なんで炭屋を一生懸命やらないんだとおっしゃりたいんでしょ。ご承知のように炭は黒い。燃えつきないと白くはならない。あんな真っ黒いものを朝から晩まで扱ってると、自分の腹の中まで真っ黒になっていくような気がするんですよ。きれいに生きたかったからと、それが理由でしょうか」

訊きもしないのに、ずいぶん気取ったことをぬかした。

「真っ黒いのと真っ白いのと扱ってちゃ、混じったりしてまずくねえのか？」

「なあに、逆に見分けがつきやすいですから」

と、表に出てきたあるじの顔を見て、亀無はぎょっとした。

男だが、顔を真っ白に塗っている。

「化粧してんのか？」

と、訊いた声が恐怖でかすれた。

「ええ。でも、陰間じゃありませんよ」

男は肩をすくめた。

「そう見えるけどな」

亀無も驚いたが、いきなりの町方の訪問で、白粉屋のほうも驚いたらしい。

「御用の筋で？」

と、強ばった顔で訊いた。

「ああ」

「あんた、おげんて女、知ってんだろ？」

「ええ」

「どんな付き合いだ？」

「白粉屋をはじめたいって言ってきたから、うちの白粉を卸したんです」

「ああ、つけると逆に肌が荒れ、色が黒くなったりしたらしいな」

と、亀無はおたづに聞いていたことを言った。

「粉を間違えたんだろうと、おげんさんからずいぶん責められましてね。たぶん、そうなんです。間違えたみたいです。それからは、調合したものを自分でも試すようにしたんです」

「それでかい……」

失敗を素直に認めたあたりはたいしたものだが、真っ白な顔は、気味が悪いことこのうえない。

落ち着いてから気づいたが、この白粉屋、背は高い。五尺八寸ほどはあるみたいで、普通に向きあっておげんの首を絞めても、あんなふうに斜めの痣はできないだろう。

「でも、この十日ほどは来てませんよ」

「おげんは死んだよ」

成田屋の目をまっすぐに見ながら言った。

「ほんとに？」

喜びが湧きあがるのを苦労して消そうとしている。

「殺されたんだ」

「えっ、まさか……？」

と、自分を指差した。疑われてるとわかったらしい。

「一昨日の晩はなにしてた？」

と、亀無は訊いた。

「人形町の知り合いのところに行ってました」

「戻った刻限は？」

「五つ過ぎくらいでしたか」

「歩いて帰ったんだな」

「はい」

「橋は永代だな?」

「そうですが」

白粉屋の声は次第に震えてくるが、顔色のほうは変わらないというか、ぶ厚い
白粉のために判断がつかない。

「五つ前に浜町堀の脇で殺されてたんだ」

「なんてこった」

「くわしい話を聞かせてくれよ」

「ああ、やっぱり疑われているんだ……」

白粉屋は泣きそうな顔で頭を抱えた。

七

「剣之介さん、兄が呼んでるの」

隣りの志保が呼びにきた。いつもの忍耐の時間が来たらしい。

亀無はちょうど夕飯を食おうとしているところだった。

しらばくれて食べたいところだが、松田はせっかちである。ふた口三口食べた

ところで、向こうからやってくるだろう。

「ごめんね。お腹空いてるんでしょ」

「なあに、松田さまの話は長くはないから」

と、亀無は言った。

あらためて気づいたが、松田の推理はひどく突飛ではあっても、話そのものは短い。断固決めつけて、それで終わり。余韻も余情もいっさい無。

もっとも、あれで長かったら、耐えられないかもしれない。

「その夕飯はありつけないかも」

お膳を指差して、志保は不気味なことを言った。好物の目刺が三匹に、じゃがいもの煮っころがし、蜆の味噌汁もある。これにまさる夕飯があるだろうか。

「どうして？　教えておいてもらうとありがたいんだけど」

心の準備をしておきたい。とくに最近のように、身体の調子があまりよくないときは。

「このところ、うどんを打つのが趣味になったの」

「へえ」

「うどんは腰が勝負だと何度も言ってるわ。それを食べさせられるのよ。あたしなんて、この三日間、三食ともうどん」

「おいらは嫌いじゃないけど」

この夏は、そばよりうどんのほうをよく食べていた。

「まあ、食べたらわかるわよ」

松田の部屋に入ると、松田はうどんを棒で殴りつけているところだった。うどんの中に狐のお化けでもいて、それを追いだそうとしているようにも見えた。

「なにかうどんに憎しみでも？」

と、亀無は思わず訊いた。

「いや、そんなものはない。こうして叩けば叩くほど、うどんの腰は強くなる」

「そうですか」

「ところで、どうだ、あの殺しは？」

ようやくうどんを殴る手を休めて、松田は訊いた。

「はい、じつは……」

ふたりの男について説明した。江戸橋に遅れてやってきた圭斎と、あの刻限に近くにいた白粉屋。正直、どっちも怪しいのだ。

亀無の説明を聞き終えて、

「剣之介。人間というのは、やっかいなものでな」

「え」

「自分の気持ちを自分がすべてわかっているかというと、まったくそんなことはない。まるで反対のことを思いこんでいたりする」

「ええ」

同感である。心に暗いものをひそませた人間が、自分を明るい性格だと思っていたりする。どろどろした部分に目をつむり、高潔（こうけつ）な自分を表に出していたりする。それらの逆もある。人間というのはわからない。

だが、松田重蔵からそのことを言われるとは思っていなかった。

「だから、言うことだけを聞いていたって、真実なんか見えてこない。むしろ、耳をふさいでその人間を見たほうが、人のかたちは見えてくる。その成田屋なる男が、白粉を塗りたくるというのは、口に出して言いたいことを、我慢（がまん）しているからだぞ」

「は？」

「顔に塗りたくった白粉は、自分は白だ。なにも悪いことはしていない。真っ白い人間なのだと、訴（うった）えているってことなのだ」

「へえ」

「だが、訊かれもしねえのに、そんなことを口に出して言うのは変だろうが。だから、白粉を塗りたくって、世間に向け、必死で弁解してるってことなのさ」

「なるほど」

「ということは、わかるな。そこまでやましさを感じているってことは、下手人だからにほかならない。殺ったのは白粉屋だ！」

「そうでしたか……」

推理としてはおもしろくないこともない。ただ、あまりにも乱暴ではないか。それに、白粉屋は世間に向けて白い顔を見せているわけではない。試しに家の中でやっていることで、外に出るときはちゃんと顔を洗ってから出る。

「剣之介、ごちそうする。食べていけ」

と言って、志保に給仕をさせた。

志保は笑いを嚙みしめているような顔をしている。

「これなの、兄が打ったうどんは」

と、皿に盛ったうどんを出した。白粉でも塗ったみたいに、やけに白い。つけ汁が別にある。こっちは志保が作ったのだろう。

「こりゃあうまそうだ」

と、箸ですくった亀無は、

「え？」

不思議な顔をした。うどんやそばは、箸ですくうと箸を中心に左右に折れる。これは折れずに、だらんと楕円を描いている。

「なんか入ってる？」

と、亀無は志保に訊いた。

「なんかって？」

「背骨みたいなもの」

「うどんに背骨はないわよ」

と、志保は笑った。

「まだ、茹でてないの？」

「ううん。充分すぎるくらい茹でたの」

「粘り腰なんだ」

「土俵際でうっちゃりもするわよ」

なんとふてぶてしいうどんなのか。

「でも……」

疲れた身体には悪そうである。

亀無がためらっていると、

「いいんだ、それで。うどんは腰が決め手だ」

と、松田が言った。

口に入れようとすると、

「嚙むなよ。つるつるっといけ。喉越しのよさがたまらぬ」

と、松田はさらに言った。

「はい。つるつるっとですね」

亀無は飲みこもうとした。だが、喉のほうでは必死で出そうとした。口から突き出た白い棒が三本ほど、出たり入ったりする。

「なにを汚ねえ食い方してやがる。ぐうっと飲みこめ」

「ぐうっ」

亀無は死ぬかと思った。

八

「え？」

　圭斎は前に座った男に目を瞠(みは)った。

　町方の同心、亀無剣之介が神妙な顔で座っているではないか。

「困るなあ、旦那」

「なんで？」

「お客は皆、長いこと順番待ちしてるんですぜ」

「おいらも並んだよ。昼の七つごろ（午後三時）にはやってきて、いままで一刻以上、待ってたよ。なあ？」

　と、後ろの若い娘に訊いた。

　訊かれた客も、

「ちゃんと律儀に並んでましたよ」

　と、うなずいた。

「まさか、旦那……」

「うん、観てもらおうと思ってさ。普通の客としてだぜ」

「そりゃまあ、かまいませんが」

「見当がつかねえんだ、殺しの下手人が。それで、占ってもらおうと思って」

と、亀無は髪の毛を押さえながら、照れくさそうに言った。

「では、今日見た夢を覚えておられるかな？」

すぐに承知したが、どこかお座なりな言い方である。

「ああ、そう言えば……」

明け方に見た夢を思いだした。

ちょっと恥ずかしい夢だったが、一応見たままを正直に語った。

海がきれいに眺められる西瓜畑に忍びこんだ。酔っ払って調子に乗り、西瓜でもかっぱらってやろうという気になったらしい。

その西瓜を畑の中で割って食べはじめた。

ところが、西瓜は熟れすぎていて、酒に変わっている。赤い西瓜酒。飲んでみると、甘くてうまいのなんのって。

がぶがぶ飲んだら、酔って寝てしまった。

明け方――。

目を覚ますと、なんと素っ裸ではないか。どうも、西瓜泥棒に入った仕返しに、畑の持ち主が刀や着物をまるごと剝いでいったらしい。

これでは家に帰れない。

見ると、大きな西瓜が生っている。これに穴を開けて、着物の替わりに着ていけばいいか。

夢だから、面倒な作業ははぶいたらしく、亀無は西瓜の中に胴体を入れ、頭と手足を出して、町を歩いている。

町人たちが、そんな亀無を見て、ぼそぼそささやいている。

「なんだ、ありゃ？　甲羅を着てるから、亀かな？」

「いやあ、亀じゃなし、亀じゃなし」

その「亀じゃなし」という言葉が、「亀無、亀無」と言っているように聞こえる。

自分の名が知られてしまったかと、ひどく恥ずかしい気持ちになったところで……目が覚めたのだった。

「そんな夢を？」

圭斎は呆れて目を丸くした。

「うん」

「わたしがいままで聞いた夢のなかでも、いちばんくだらない夢かもしれませんね」

「おいらも我ながらくだらねえ夢だなとは、思いながら見ていたんだよ」

「それで占いますよ？」

「頼むよ」

「出ませんね」

と、圭斎は冷たく言った。

「え？」

「この下手人はあがらない」

「弱ったなあ」

「しかも、変な動きをしたりすると、ご家族に困ったことが起きる」

脅しも入った。真剣な目をしている。

「えっ……そりゃあ、まずいなあ」

亀無は頭を抱えた。

九

占いが終わると、岡っ引きの三ノ助がひそかに圭斎のあとをつけた。

住んでいる家がわからない。客に訊いても知らない。どうも隠している気配がある。

圭斎は、荒布橋（あらめばし）を渡って、照降町の通りを歩いていく。親仁橋（おやじばし）の手前を左に折れた。東堀留川（ひがしほりどめがわ）という堀割に沿った道である。右手はずらっと蔵が立ち並び、建物の隙間（すきま）から堀の水が見えている。

この道を三町分ほど行くと、堀割も切れる。ぶつかったあたりが堀留町で、ちょっと右手に折れた。

そこで圭斎はすばやく後ろを振り向いた。三ノ助がちょうど用水桶の後ろに入ったときだった。あと少し遅かったり早かったりしたら、見つかっていただろう。

圭斎は警戒していた。

左手は高い板塀をまわした大きな家である。二階もある。門のところに立ち、柱の裏手にある紐（ひも）のようなものを引いた。すぐにこの家に入るのかと思ったが、圭斎はまた歩きだした。なんとなく嫌な気がして、三ノ助はそのままひそんでいた。

案の定、圭斎はそこから二十間ほど先まで行くと、不意に踵(きびす)を返し、こっちに戻ってきた。うっかりあとを追っていれば、いまごろはまともに顔を合わせたに違いない。

さっき紐を引いたあたりが開いた。

なにか話しながら、圭斎は中に入った。話した相手は男の年寄りの声だった。

三ノ助は用水桶の裏から出て、圭斎が入った家を眺(なが)めた。

八丁堀の与力と同じくらい、およそ三百坪ほどの敷地がある。これをぐるりと、高い板塀が取り囲んでいた。

頑丈そうな塀である。塀の上からはみだしている庭木も、立派に育ったものばかりだった。

「たいした豪邸だぜ」

と、三ノ助はつぶやいた。

あんな小さな商売で、これほどの家に住めるのかと驚くくらいである。

三ノ助は近くの番屋でこの家のことを訊いたあと、八丁堀の役宅に戻っていた亀無に報告した。

「そんなにすごい家かい？」

「有名どころからは、しこたまもらっているのでしょうね」

もう遅いが、亀無も行ってみることにした。

なるほどすごい。豪商の別宅でも買い取ったのかもしれない。同心などは何人大泥棒を捕まえようが、こんな家には住めない。

「家族はいるのかな？」

「そっちの番屋で聞いたところでは、女房などはいねえみたいです。身のまわりの世話をする爺さんがひとりです」

と、三ノ助は答えた。

「男ふたりで、こんな大きい家に住む意味があるのだろうか。ほかに誰かいるんじゃねえのかなあ」

「妾とか？」

「妾だったら十人も養えるぜ」

さりげなく、裏手にまわってみた。

——ん？

途中で足を止めた。塀に隙間のようなものが見えた。押しても開かない。おおかた、隠し戸のようなものだろう。

物陰でしばらく待ってみた。

子の刻近くになって、男がふたり来た。提灯のかすかな明かりで顔が見える。なんとなく見覚えがあった。

あたりを見まわし、口笛を吹いた。

中から戸が開いた。ふたりはもう一度、周囲を見まわしてから中へ消えた。

「なんでしょう、あれは？」

「ま、連中が怪しいことは間違いないわな」

十

「え、江戸橋圭斎を調べてるの？」

と、志保は目を丸くした。おみちとにゃん吉の様子を見にきて、そのまま雑談になっていた。

「そうなんだよ。圭斎を知ってたのかい？」

「ええ、占ってもらったこともあるもの」

別れた亭主のことで悩んでいたときらしい。

女ってのはどうして、あんなものが好きなんだろう。

「当たるわよ。あたしの事情を当てたばかりか、あの夫に仕(つか)えるのは大変だろうとまで言ってくれたわ」

「ふうん」

口ははさまなかったが、ずいぶん無責任なことを言うものだと呆(あき)れてしまう。

女はかくもたやすく、占いなんぞを信じてしまう。

「ちょっと調子はいいわね。そのほうが流行(はや)るよ」

信じているのか、いないのか、よくわからない。

「どんなふうに占うんだい？」

「あの人のは丁寧(ていねい)なのよ……」

志保に圭斎の占い方を教えてもらった。

まず、その日に見た夢を聞く。

そのときはたいしたことは言わない。誰にでも通じるような大雑把(おおざっぱ)なことを言うだけである。

だが、圭斎はその人の名を書いた紙を枕の下に入れ、自分も夢を見る。その晩か、あるいは次の晩でもいい。

それから、同じ晩に見た客の次の夢。この三つを合わせて占うのだ。

「そんなに面倒なものかい？」

そんなものに手間をかけている暇があったら、働いていたほうが運も開けるのではないか。

「そうなの。あたしも驚いたわ」

「だが、おいらのときはすぐに占ったぜ。そんな面倒なこともしなかったし」

「手を抜いたのよ。もともと占う気はなかったのね」

「ひでえ野郎だ」

それにしても、あいだにひと晩か、ふた晩置くなんて占いは聞いたことがない。

茄子だって充分漬かる。

「なんで、あいだを開けるんだろう？」

「わたしは、占いをもっとたしかなものにするつもりなんだと思ったわ」

「なあ、志保さん。頼みがあるんだ」

「もう一回行く？　圭斎のところに？」

志保はやはり勘がいい。

「危ないことはないと思うんだ」

それがいちばん心配である。

「大丈夫。剣之介さんが見ててくれるんでしょ？」

「ああ、それに岡っ引きの三ノ助も。うちの小者の茂三も」

「それなら安心よ」

志保は笑ってうなずいた。

なにが起きるかわからないことは、八丁堀育ちの志保ならよく知っているはずだった。それでもそう言ってくれる。この人は昔からそうだった。


「前にも観てもらったことがあるのですが」

と、小さな樽に座るとすぐ、志保が言った。

「うん、そうでしたな」

圭斎は重々しくうなずいた。

「たしか町方のご新造でいらっしゃったな」

とも言った。記憶力は偽りなしにすぐれているのだ。

「その後、夫とは別れることになりまして、いまは実家に戻っております」

「ほおら、わたしの占ったとおりでしたでしょう」

圭斎は自慢げに言った。笑顔で言うので嫌味ではない。

「ええ、ほんとにそうなりました」

志保も素直にうなずいた。

「実家の方角は前の婚家から見ると？」

「東です」

「悪くないですよ。それで、見た夢は？」

「はい」

と、花畑で遊ぶ蝶々の夢を語った。

亀無の夢のように筋書きはない。ただ、情景があるばかり。

今日は簡単に終わった。

大事なのは明日見る夢である。

「では、明日また」

「はい」

志保はお辞儀をして、歩きだした。

橋を渡り、少し行きかけたときである。水茶屋から出た男が、志保をつけはじめた。

「やっぱりな」

見ていた亀無がつぶやいた。

圭斎の、相棒ふたりのうちのひとりである。この前、裏から家に入った男たちだ。なんとなく、顔立ちや身体つきも似ている。大事な秘密を共有するのだ。兄弟と見たほうが自然かもしれない。

この相棒が、客のあとをつけるのだ。それで、どんなところに住み、どんな暮らしをし、どんな悩みを抱えていそうかといったあたりを探っておく。

絵師の広助が言っていた簞笥（たんす）の上の人形だって、あとをつけた奴が実際に見ているのだ。だが、まさかそんなことをしているとは思わないから、客はすっかり信じこんでしまう。

これをうまく占いに取り入れるから、それは当たるはずである。

むしろ、それらしく少し外すほうが難しいだろう。

実際、翌日の占いでは、志保は前の夫のことは早く忘れて、新しい人生を歩むべきだと忠告された。

「意外に近いところに、わたしにぴったりの男がいるかもしれないんですって」

と、志保は言った。

「なるほどね」

この日、亀無家の婆やに、見知らぬ男がいろいろと訊いていったのだった。

十一

だが、どうして圭斎は、おげんの運勢にかぎって、ちゃんとわからなかったのか？　あとをつけて、家をのぞいたりして暮らしぶりなどを探れば、そうそう間違いようがないはずである。

まったく違ったということは、どこかで人を間違えたのではないか？

——待てよ……。

葬式で会ったおたづという女は、近くに住んでいると言ってたっけ。

おげんの家の近くに行き、髪結いのおたづの家を訊くとすぐにわかった。

訪ねると、おたづはちょうどひと休みしているところだった。

「おや、あのときの同心さま。調べは進んでますか？」

「うん、おかげであと一歩のところまでは来たのさ」

「まあ」

と、嬉しそうな顔をしてくれる。

「ところで、おげんはこの家に来たとき、玄関から入って、裏から出ていくなんてことはなかったかい？」

裏は小さな庭と生垣があるが、生垣は隙間だらけで簡単にすり抜けられる。

「そんなことはしょっちゅうでしたよ」

「やっぱりな」

「ここを抜けていくと近道になりますから」

あとをつけられた日も、おげんはおたづの家に寄った。そのまま裏から抜ける。だから、圭斎の相棒が近所で聞きこんだ話も、この家のおたづのことだった。

「あんただったら、白粉に縁がなくもないよな」

と、亀無はおたづの髪結いの道具を見ながら訊いた。

「白粉ですか？」

「髪結いをしながら、売ったりするものもあるんだろ？」

「ああ、はい。あたしは櫛（くし）や簪（かんざし）も売ったりもするんです。ところが、そうは売れません。そのうち傷がついたりして、返品もできなくなったりします。かわりに白粉を扱ってみたらと言われたら、やるかもしれませんね……」

「なるほどな」

そんな暮らしがわかったのだ。

櫛や簪もいいが、白粉が儲かるのではないかと。

おたづは色が白く、肌がきれいだった。そういう女は、白粉を売るのにぴったりのはずだった。

――そうか……。

おげんもこのことに気づいたのだ。圭斎の占いがやたらと当たる秘密を知ってしまったのだ。

「皆にしゃべってやる。おまえの仕掛けのことを」

それらしきことは言ったのだろう。

これで圭斎は、殺さなければ、と思ったのだった。

殺した理由はわかった。

だが、あいつが殺ったという証拠がない。

十二

亀無の家に三ノ助がやってきて、最後の詰めについて相談をしていた。

すると、客があった。玄関の脇の客間にあげると、

「若年寄の太田さまの使い」

と、名乗った。

「太田さまの……」

若年寄はひとりではない。四、五人ほどいる。だが、太田安芸守はそのなかでも実力者として知られた。

客間に通すとすぐ、

「そなた、なにかくだらぬ事件のことで、占い師の圭斎に接近しているそうじゃな」

と、使いは厳しい口調で言った。

「あ、はい」

「圭斎は太田さまのお気に入りということは存じておるか？」

「いえ」

「ご不快に思っておられる。適当にしておいたほうがよいぞ」

「では、上司と相談して」

「上司というのは松田重蔵のことか？」

「はい」

「それは無用だ」

あわてたように言った。

「ですが、上司の松田はすべて報告しないとうるさいので」

「松田にはなにも申すな。ますます太田さまは嫌がるぞ」

「そうですか」

若年寄も松田重蔵ばかりは、いささか苦手らしい。わかる気がする。話はまるで頓珍漢（とんちんかん）だが、押しだしのよさと町の人気は圧倒的である。

「そなた、独り（ひと）身だそうだな」

「はい」

「不便をいたしておろう」

家の奥をのぞくような目をした。

「そうでも……」

不便ということでは、本当にそうでもない。あったとしても、そんな不便などはたいした悩みではない。それよりは、おみちのほうが心配なのだ。

「太田さまが、よいおなごをあてがってくださるだろう」

「え?」

「ふだんは耄碌(もうろく)しはじめた婆やと、幼い娘だけだろう?」

「ええ、まあ」

すでに調べているのだ。圭斎がやっていることは知らないのだろうが、同じ手を使いやがる。

「物騒(ぶっそう)だぞ」

「物騒……」

「不埒者(ふらちもの)がなにをしでかすかわからん」

「そんなこと」

「では、よく考えるようにな」

帰っていった。

裏で三ノ助が話を聞いていたらしく、

「亀無さま……」

と、心配げな顔を見せた。

「うん」

「いまのって、脅（おど）しじゃねえですか」

「そうだよな。あれって立派な脅しだよな。よっぽど、あの占い師をあてにしてるんだろうな」

「このましょっぴけば、まずいことになるのでは？」

「だからって、このまま見逃がしたら、もっとまずいことになるぜ」

亀無はめずらしく、きりっとした表情を見せた。

「え？」

「おいらが見逃がしたって、天は見逃がさねえ」

十三

「あんた、自分の疑いを晴らすつもりはあるかい？」

亀無は深川の成田屋にやってきて、白塗りのあるじに訊いた。

「もちろんですよ」

「だったら協力してもらいてえんだ」

「どうすればいいんで？」

「じつはさ……」

と、亀無は声を低めた。

一刻後――。

成田屋の姿は、江戸橋のたもとにあった。圭斎の前に座っていたのである。もちろん白粉は落としている。

「面倒くさいことに巻きこまれて、うんざりしてるんです」

と、成田屋は言った。

「どんな？」

「ふた月ほど前に、日本橋北に住んでる女が訪ねてきて、白粉屋をはじめたいから卸してもらえないかというんです。もちろん、商売ですから引き受けました。ところが、うちの品物にちょっと材料の配分間違いがあってね、塗ると逆に肌荒れが出たり、色が黒くなってしまうものだったんです。もちろん、女が売った客からも文句が殺到して、すぐに売れなくなりました」

「いま、この女からすごい抗議を受けてましてね。お上に訴えるから、覚悟しておけと。どうしたらいいか、わからねえんで」

「なるほど」

「あんまりうるせえので、いっそのこと、殺してしまおうかとまで思ったりするんです」

「そうですか。お気持ちはわかりますよ。ちなみに、その女の名がわかると、占いはもっとたしかなものになります」

と、圭斎は少し怯えたような顔で訊いた。

「ええ、おげんという女です」

「おげん……」

かすかに笑みが浮かんだ。

「だいたい五日ごとくらいにやってきていたので、明日か明後日あたりには来ると思うのですが」

「では、まず今日の夢を聞かせてもらえますか……」

「今日は、あんまり覚えてねえんですが、死んだおやじが働いていたところだったような気がします」

白粉屋は適当なことを言って、この場をあとにした。

当然、近くにさりげなくひそんでいた仲間が、白粉屋の尾行を開始していた。

翌日、白粉屋はふたたび江戸橋のたもとにやってきた。

「急いだほうがいいかもしれぬ」

と、圭斎が言った。

「なにを？」

「あんたが町方にしょっぴかれる夢を見たんだ」

「なんと」

「あんた、白粉屋といったが、なぜかわしには黒いものが見えるんだ」

「ほんとですか」

「変だよな」

と、圭斎は首をかしげた。

「いや、変じゃないんで。あっしのところはもともと炭屋をしてて、いまもそっちは止めたわけではないんで、炭がいっぱいあるんです」

「そうか。その炭を女のところに届けてやったほうがいいかな」

「おげんに？」

「お詫びの印としてな」

「わかりました」

「だが、簡単には受け取るまい。家の脇にでも積んでおけばいいかな」

「そうします」

成田屋は素直にうなずいた。

「それと、おげんのところにはたぶん白粉がある」

「そうかもしれません」

「人目に触れないよう、早く持ち去ったほうがいいな。そのかわり、調合を間違えていないものを置いてくるのだ」

「なんで？」

「訴えられたときの証拠になってしまうぞ」

「なるほど」

「あんた、背も高いな」

「ええ。五尺八寸ありますから」

　ぐっと胸を張った。座っていても立った圭斎と同じくらいありそうである。

「ふうむ。じつは、お客のことは易者の暗黙の掟として他言はしないのだが、そのおげんはうちの客なんだ」

「そうだったんで？」

「あんたのことを怒っていたよ」

「やっぱり」

「殺したいくらいだって」

「あっちも？」

「ろくでもないのを雇いかねない様子だったよ」

　と、圭斎は脅すように言った。

「それは怖いですね」

「なにか武器になるものを持って歩いたほうがいいぜ」

「刃物なんざ持ちたくないですよ」

「刃物は駄目さ。自分を傷つけるのが関の山だ。それよりは短めの棒がいい。占いにもそう出てるよ。それをいつも、たもとに入れておくことさ」

「短い棒をね」

成田屋は大きくうなずいた。

そのとき――。

「おい、そのへんにしておきなよ」

と、野太い声がした。後ろにいた夜鷹のような女が出した声だった。

「え？」

「おいらだよ」

頬かむりを取り、内股にしていた足をガニ股に戻した。

女ではなかった。男だった。顔は真っ白に塗られていた。亀無剣之介が変装していたのだった。

十四

「こいつのせいにしちまおうなんて、ひでえじゃねえか」

と、亀無は成田屋を指差して言った。

「そ、そんなつもりは」

「しかも、おげんが死んだことはまったく教えようともしねえ」

「いや、嬉しい話でもないでしょうから」

圭斎は弁解した。

「そんなことはない。おげんが死んだと聞いたときは、正直、嬉しかったよな」

と、亀無は成田屋に言った。

「はい。不謹慎ですが、そう思ってしまいました」

成田屋が認めると、

「ううう……」

圭斎は呻いた。

「この紙なんだけどさ」

と、亀無はおげんのところにあった紙を取りだした。

「あんたはでたらめを書いてると自分でも思ってんだろう？　ところが、おいらはあんたが書いた紙を、ほかの客がもらった紙も集めて、つぶさに検討してみたんだ」

「なんだと」

「驚いたね。でたらめを書いていても、人のやることはおもしろい。ちゃんと、法則性のようなものが出るんだよ」

「まさか」

　圭斎は目を瞠った。

「ほんとなんだ。ここに変な蛇みてえなものがあるだろ……」

「ええ」

「これは、しろって書いたんだ」

「あ」

　思いあたったらしい。

「それで、真ん中に小さな丸があるだろ。これは、おげんの家なんだよ。そして、天秤で均衡を取るように、こっちにもしろがあるんだ。あんたはこの辰巳の方角にある白粉屋から白粉を仕入れて売るといい、と忠告したのさ」

「ああ、そうでした。それがなにか？」

　と、圭斎は居直った。

「わかってねえな。いいか、こんなふうに書くってことは、おげんの家の場所をある程度わかっていたってことなんだぜ」

「そ、それを知るのが占いなんで」

「やめときな。あんたが、弟たちに客のあとをつけさせてるのは、もう確かめてるんだ」

「え」

「しかも、おげんの行動を調べさせ、あの晩、深川に清元を習いにいくのは知っていたんだよな。悪いが、弟たちもさっき、大番屋に入れておいたぜ」

「そんなことしても……」

「弟たちはなにも知らねえってか」

「知らねえってなんのことで？」

「はっきり言うぜ。おげんを殺したのはあんたなんだよ」

「馬鹿な……」

「証拠もあるんだ」

「証拠？」

「あんた、あの晩、楓の紅葉した葉っぱをつけて戻ったのに、気づいてねえだろ？」

「楓？」

「そう。客が見たんだよ。探したら、そこに落ちてた」

と、亀無は赤くなった楓を取りだした。

「ここらに楓はないよな。おいらは、あんたの家やここに来るあいだに、紅葉した楓があるか調べたんだよ。そっちにも、ないんだな。ところが、おげんが殺されていた屋敷の上に、なんと楓があったんだよ」

「…………」

圭斎はなにも言えない。

「赤ちゃんの手のようにかわいい楓。でも、馬鹿にできねえ。ちゃんとあんたの罪を暴いてくれる」

「証拠ってそんなことですか？」

「あんた、成田屋に短い棒を持っていろって勧めてたよな」

「あいつのためですよ」

「おげんは首を絞められる前、一発、棒のようなもので頭を殴られていたんだ。しかも、そのことは下手人以外、誰も知らねえんだぜ」

「…………」

「成田屋が棒を持って歩いていたら、それで殴ったと思いがちだもんな」

「…………」

「だが、生憎だったな。成田屋だったら、そんな棒は使わねえ。こんなにでかいんだもの、いきなり首を絞めにかかるさ。棒なんか使うということ自体、背の小さい奴が考えることなんだよ」

「う……」

圭斎の喉から妙な音が洩れた。

「逃げられねえぞ。全部、お見通しさ」

「お見通しって……」

「そして、決定的な証拠は、あんたの手なんだ」

「なんだって?」

「おいら、おげんの首に残った跡がなんか変だなと思った。それで、その様子をくわしく写し取っておいたのさ」

と、亀無はその紙を開いた。

首に手の跡がついている。

「ここんとこ、見てくれよ。親指の跡より中指や薬指のほうが、ずいぶん上にあるだろ? これってどういうことかわかるか?」

「…………」

「おげんは背が高かった。だが、首を絞めた相手は、おげんよりも背がずいぶんと低かったんだ。本当なら棒で殴(なぐ)って気を失わせたかった。ところが、おげんは倒れなかった。だから、首を絞めようとすると、指がこんなふうに斜めになる。絞めにくかったと思うぜ」

「………」

「そのうち、おげんはのしかかるように倒れた。かなりの重みも加わっただろう。あんたは腰を痛めた。痛そうにしてたもんな」

「あれはずっと前から」

と、もごもご言った。

「そのときだ、楓の葉が背中についたのも」

「………」

「あんたの指の長さを計らせてもらえるかい」

亀無がそう言うと、三ノ助が物差しを持って、圭斎の脇に立った。

「うっ」

と言って、圭斎は肩をがっくりと落とした。

「認めるんだな？」

「逃げられねえみたいですな」

と、ふてぶてしい笑いを浮かべた。

「ふう」

思わず亀無はため息を洩らした。

ようやくうまくいった。難しい事件だった。いったいいくつ、証拠を並べ立てたのだろう？

圭斎の書く落書きみたいなものを解読し、あいつがおげんの家を知っていたことを突きつけた。

成田屋を引っ張りだして、なんとか言質を取ろうとした。あいつに罪をおおいかぶせようとするとは思わなかった。だが、そのおかげで、あいつしか知らない棒という道具が口にあがってきた。

そして、楓の仕掛け。

三ノ助は、楓の仕掛けを危ぶんだ。圭斎の背中に楓があったという証言は嘘ではない。だが、取りだした楓は、別に拾ってきたものだったのだ。

しかも、楓なんざいくらも風で飛んでくる。通り道になくても、そこらにあったとして、なんの不思議はなかったのだ。

最後に指の痕。

ここまで追いつめたからこそ、指の痕の指摘も利いたのだ。

いきなり、指の痕のことを持ちだしても、同じ長さの指はいくらでもあると言い張るはずだった。

同じく背の小さな男だっていくらもいる。

連続攻撃。亀無のあまり得意でない技が、功を奏したのだった。

「あんた、わたしをお縄にしても、自分の首を締めることになるぜ」

と、圭斎は悔しそうに言った。

「へえ、そうなのかい」

「それに、いったんは大番屋に入れても、わたしはすぐに出ることになる」

「それはねえと思うぜ」

と、亀無はきっぱりと言った。

「え？」

「お偉いさんをあてにしてるんだろ？　奉行所ではいままでも、そういう例はあったんだ。ただ、結局、出られた奴はひとりもいねえ。偉い人はすぐに切り捨てるんだ」

「そんな」

呻(うめ)いたが、その恐れは持っていたのだろう。圭斎は深々(ふかぶか)とうなだれた。

──だが……。

と、亀無は唇を嚙(か)みしめた。

ああいう連中は、下っ端を簡単に切り捨てもするが、意趣返しのほうもやってくる……。

亀無はつぶやいた。

「人生ってやつは難しいよな。占い師だって読めねえ落とし穴が、口を開けているんだもの」

第三話　きつね火

一

河西慶二郎は、太めの蝋燭を入れた提灯をかざしながら、谷中から上野へと続く道を歩いていた。もっとも今宵は満月で、雲も少なく、提灯なしでも歩くには充分なくらいだった。河西の後ろには、花田屋のひとり娘おゆきが、ちょこまかとした子どもっぽい足取りでついてきている。

芝居の帰りだった。『東海道四谷怪談』。

河西は芝居にはあまり興味がない。だが、おゆきの行くところには行かざるをえない。

河西はこのおゆきの警護をするため、用心棒として雇われている。

月に三両。悪くない額である。しかも三食付ときた。節約すればまるまる手元に残すことができる。長屋住まいだったが、この三月ほどは長屋には、たまにしか帰っていない。できればずっと、花田屋のお世話になりたいくらいである。

花田屋のおゆきは十四歳。いかにもお嬢さんといった容貌である。なんの苦労もなく素直に育ち、この先もずっと大事にされて暮らしていくのだろうということを、当人も、そして周囲も信じこんでいるようだった。

「なんか、怖い」

と、おゆきが言った。

月光で地面が淡く光っている。

かすかな風で、木々がつぶやくように鳴っている。

「ははは、大丈夫です」

河西は笑った。

ここらは上野の山下である。

にぎやかなところなのだが、この一画だけが谷あいの道になり、人通りも絶えたようになった。

「けっけっけ……」

笑い声がした。

「わぁ」

おゆきが河西のたもとをつかみ、後ろにしがみつくようにした。

「大丈夫ですよ」

と、言いつつ、周囲をぐるっと見わたした。

右手は竹林である。左手は急な崖が立ちはだかっている。その竹林から、ぴょんとなにかが跳んで出てきた。

両手を握るようにして胸の前に出している。膝は少し曲げている。狐の真似である。

「ほら、出た」

と、おゆきの声が泣き声になった。

「ふざけた真似を。あんなのは人の悪ふざけです」

このところおゆきは、奇妙なお化けに怯えていた。

おゆきがときおり行く蕎麦屋の離れでのことだが、部屋に真っ赤な毛が一本、落ちていたり、狐の尻尾らしきものが、障子をさわさわと撫でていたりすることが続いた。近辺に悪戯をする者がいるのだ。

「旦那に相談をしましたか？」

と、河西は訊いたが、

「嫌なの。すぐにお払いを呼んだり、祈祷をお願いしたりするから。もし頼むなら、知り合いに頼むわ」

などと言っていたのである。

「しかたない。悪戯者をこらしめるか」

河西はその狐の贋者に向かって、ずんずん歩いた。少しも怖がっていない。

贋狐はあわてて、竹林に逃げこんだ。河西は提灯を手に、贋狐を追う。満月で空は晴れているが、竹林に入ると葉叢で光は閉ざされ、急に暗くなった。

「待て、こら」

「なぁんだと。お狐さまに命令する気か」

と、こっちを向いた。

顔も作っている。狐の魔物。目のまわりは赤く、頬に髭がある。だが、見覚えのある顔である。

「こーん、こーん」

と、鳴いた。

──あいつか。

同じ上野広小路で、花田屋の数軒先にある味噌、醬油を扱う亀屋の若旦那である。ときどき往来で顔も見かけるし、おゆきが通う集まりでも、一緒になっていたはずである。しつこい性格で、おゆきにときおり嫌がらせのようなことまでしてきた。

このところの悪戯も、こいつの仕業に違いない。

「やっぱりおまえだ。正体はわかっている。くだらぬことはよせ」

「へっ」

若旦那は妙な格好で踊っている。狂気にでも取り憑かれたのか。なんのためにこんなことをするのか、さっぱりわからない。

「いいかげんにやめておけ」

と、河西は叱りつけた。

「おまえの言うことじゃない」

「なんだと」

「用心棒風情が偉そうにするな」

「口で言ってもわからぬようだな」

若旦那の胸倉をつかんで、頰を二、三発張った。

「てめえ、この野郎」

若旦那も向かってきた。刃物を手にしている。似つかわしくない。へっぴり腰である。

「抜くぞ」

と、河西は刀に手をかけて脅(おど)した。こんな若造相手に、という気持ちはある。そのまま動かずにいると、

「なんだ、抜けねえのか」

と、笑った。

「命を惜しめ」

説諭(せつゆ)をした。

「けっ、それが侍の台詞(せりふ)か。おいらは死ぬことなんて怖くもなんともねえ」

「愚(おろ)かな」

「死んだら狐火(きつねび)になって飛びまわる」

「そんなものはない」

「あるよ」

「それは迷信だ。阿呆(あほう)が見る夢だ」

「やかましい、この竹光野郎」

「なにっ」

「こぉーん」

と言って、若旦那は河西ではなく、おゆきのほうに飛びかかろうとした。自分に向かってきたなら、軽くいなし、気でも失わせるくらいでやめておいただろう。

だが、おゆきに向かった。怪我ひとつさせてはいけない。

河西は刀を抜いて、袈裟懸けに斬りおろした。

口をきくどころか、悲鳴もあげず、仰向けに倒れた。すぐにさっと飛びすさる。

狐火のように血飛沫が舞った。

「お嬢さん」

振り向いて無事を確かめた。数間後ろでしゃがみこみ、目を両手で押さえている。

「なに？」

目をふさいだまま答えた。

「いまのは亀屋の若旦那のしわざです」

「幸太郎さん……」

おゆきは顔をあげた。

「斬ってしまいましたが、お嬢さんには面倒をかけないようにします。嘘をつくこともありますが、お嬢さんは怖くてなにもわからなかったことに」

「わかりました」

小さくうなずき、泣きだした。

河西は若旦那のむごたらしい遺骸を見ながら考えた。

——まずは届け出ようか……。

とも思った。

正直に処理したほうが、逆に面倒はないのではないか。

夜中に狐の格好で怖がらせた。いたいけな少女に嫌がらせをし、しかも刃物まで出してきたのだ。用心棒として斬り捨てても、理はこっちにあるだろう。

——いや、待て。

河西を止めたのは、過去の体験だった。以前、辻斬りを疑われたことがある。

柳原土手で起きた辻斬りで、近くの道場に通う腕の立つ浪人者が洗いだされ、河西の名があがったらしい。

まったくの無実だったが、そのときの不愉快な対応や、岡っ引きの偉そうな口ぶりなどを思いだした。三日にわたってあとをつけられたりもした。あんな嫌な思いは二度としたくなかった。

――そうだ。これこそ辻斬りの仕業にしよう……。

と、河西は思った。

だが、辻斬りを装うためには、なにをしたらいいのか。顔に化粧までして、本当に狐のつもりだったのか。こんなものが残れば、なにかの手がかりになるかもしれない。手ぬぐいを濡らしてきて、それを丁寧に拭き取った。

――それに、こんな顔で町中を来たわけじゃないだろう。

河西は周囲を探した。おゆきはまだ、しくしくと泣いている。風呂敷包みがあった。顔料や筆が入っていた。ほかにも財布、煙草入れ、煙管などもまとめてある。

顔料や筆は持って帰って、どこかで焼いてしまおう。だが、財布や煙草入れなどはどうしよう。

辻斬りもいろいろだと聞く。刀の斬れ具合を試すなら、相手は問わない。剣の腕試しが狙いなら、町人は相手にしない。

――やはり、金を抜いたほうが、人の関係を突っこまれずに済むだろう。

河西は煙草入れや煙管はたもとに戻し、一両と少し入っていた財布は自分の懐に入れた。

若旦那の刃物も、どこか途中の川にでも捨ててしまおう。ほかに持ってきたものはなさそうだった。

まだなにかすべきことはあるだろうか。

――待てよ。

こいつ、待ち伏せていた。この刻限にここを通るのは、どうして知ったのか。

「お嬢さん？」

「はい」

「この若旦那は、どうしてお嬢さんがここを通ることを知ったのでしょう？」

さっきの芝居に行くことは、朝、不意に思いついたことだった。

「たぶん、出るのを見かけてあとをつけたのよ。芝居小屋に入ったのを見れば、帰り道は想像できるでしょ」

「そうですか。まさか、お嬢さんを襲撃する企みを、友達とか誰かに語ったりということは？」

「それはないと思います。幸太郎さんて、けっこう見栄っ張りだったから」

よし、大丈夫だ。まさに辻斬りだろう。

「では、お嬢さん。さっきの一件はなかったことに」

そう言って、用心棒の河西とおゆきは、夜道を歩きはじめた。

上野広小路の花田屋が近づいたころ、河西はふと足を止めた。

――待てよ。

あの死体を見た町方の連中は、いきなり辻斬りと見なすだろうか。まずは怨恨の線を追うのが当然ではないか。

若旦那がお嬢さんも知らないような怨恨を胸に抱いていたりすると、こっちにつながってくる恐れがある。それはまずい。

辻斬りと断定されるためには、実際、ここらに辻斬りが出ていてくれたら都合がいい。

――もうひとり、斬って捨てるか。

だが、罪もない、善良な人間は斬りたくない。誰か適当な奴はおらぬか。

ふと、空を見あげた。

満月が輝いていた。思いだしたことがあった。

――そうだ。いた。

金貸しの竹蔵。あの野郎のひどい取り立てに、どれだけの人が泣いているか。

毎月十五日に、あの一膳飯屋に利子を取り立てにやってくる。貧しい老夫婦が暮らしのため、そして生きがいのために続けている飯屋。それを竹蔵はまるで踏みつぶすのが目的のように、情け容赦なく、取り立てにやってきていた。

あの老夫婦は、月がふくらんでくると、憂鬱になると言っていた。まさに、今日がそのときではないか。

――ちょうどいい。あいつだ……。

あいつが死んだら、喜ぶ奴はいっぱいいる。むしろ人助けだ。

家に送り届けると、河西はおゆきに言った。

「もう一度、出てきます」

「どこへ？」

「さっきの件について、もう少しやらなければならぬことが。お嬢さまはもうなにも気になさらず」

「では、危ないことはしないで」

光る目で河西を見あげ、泣きそうな顔で言った。

「ありがとうございます」

河西はそう言って、ふたたび夜の道へ飛びだしていった。

二

翌朝――。

不忍池の湯島寄りの道に人だかりができていた。五間ほど離れ、遠巻きに輪を作っている。

「どうしたんだ？」

「辻斬りが出たらしいや」

野次馬たちが言い交わしている。

不忍池の周囲は、小高い堤に囲まれている。その堤の外を細い川が流れているが、その川に死体が浮いていた。それを引きあげているところだった。

まずは地面に寝かせた。水を吐かせることもしない。あきらかに死んでいる。

小柄な男である。

「おい、竹蔵じゃねえか」

野次馬の誰かが叫んだ。

「ほんとだ。こりゃあ目出てえな」

なんと、喜びの声すらあがっているではないか。

あがった死体にむしろをかけた岡っ引きが、池に沿ってこちらに歩いてくる男を見た。

町方の同心というのはじつに颯爽としたものだが、この男ときたらまるで風采があがらない。もしゃもしゃした頭で、歩きかたもなんだかしゃきっとしていない。うなだれたように、ふらふらしている。

途中で倒れるのではないかと心配になり、思わずそっちに迎えにいったほどだった。

「亀無さま」

と、岡っ引きは声をかけた。

「よう、三ノ助じゃねえか」

「なんか、元気ありませんね」

「うん。なんだか憂鬱でさ。辻斬りだ、亀無行けって言われると、いきなり憂鬱になるんだよ」

と言って、亀無は枯れた感じのするため息をついた。

「どうしたんですか」

「仕事したくねえなあ」

と、足が止まった。

「そうですか」

「したくないよ。三ノ助はしたいの？」

「そりゃあ、したくないときもありますが、だいたいは仕事に熱意を」

「あんたは、偉いなあ。おいらも、仕事はしなくちゃいけねえと思うんだよ。人間というのは、やっぱり仕事をし続けるべきだって、いつも自分に言い聞かせてんだ。なんでも、偉い人はこう言ったらしいよ。苦しみながらも、仕事に励め。安住なんか求めるな。なぜならこの世は巡礼だからって。ぐっとくる言葉だと思わねえか？」

「きますね」

と、三ノ助はうなずいた。

「でも、おいらは、根が怠けものなんだろうな。身体だってけっして丈夫でもないし。それなのに、次から次に、休む間もなく仕事で駆けずりまわってるとさ、言い聞かせてることと、実際の気持ちが矛盾してくるんだよ。そうすると、こんなふうに憂鬱でさ」

と、三ノ助の肩に手を置いた。

「はあ」

「それでなに、辻斬りだって?」

「ええ、あっちです」

三ノ助は亀無を死体の前に案内し、かぶせたばかりのむしろをめくった。

「ばっさりだ」

「ええ」

「すごい斬り口だぜ」

「かなり腕が立つ者ですね」

「ああ、たいしたもんだ。あれ?」

と、亀無は死体の懐(ふところ)を探って首をかしげた。

「財布があるじゃないか」

「そうなんです」

財布を開けた。二両ある。ほかに細かい銭もある。

「金目あての辻斬りじゃないのか?」

「いや、懐(ふところ)を狙ったとしても、堀に転がり落ちてしまったので、財布を奪えなかったってことも考えられます」

「なるほどな……身元は？」

　ほかの持ち物を探りながら、亀無は訊いた。

「わかりました。そっちの黒門町に住んでいる、金貸しの竹蔵という者でした」

　と、顔をしかめた。

「金貸しとなると、評判は悪そうだな」

「ひでえ野郎です。返せそうにもない奴を選んで貸して、取り立てていじめるのが好きなんじゃないかという声もありました」

「だったら、怨みの筋も考えられるな」

「そうですね」

「二両も持ち歩いていたか」

「竹蔵の店の小僧にさっき訊いてきました。昨夜、集金に出たそうです。取り立てがうまくいったのでしょうと」

「相手もわかるのか？」

「西村屋という店です。池之端にある一膳飯屋です」

「ちっと話を訊きに行くか」

亀無が腰をあげると、三ノ助は亀無の後ろを指差し、

「呼びにやったのが来たみたいです」

振り向くと、老夫婦がすまなそうに立っていた。

「昨夜、あんたの店に行ったんだって？」

と、亀無は訊いた。

「はい」

「借金は返せたのか？」

「どうにか利子の二両を」

と、夫のほうが言った。

それが財布にあった金だろう。

「利子が二両というのは大変だ。いくら借りたんだ？」

「二両が膨れあがって」

高利貸しである。たちまち十倍、二十倍に膨れあがる。こうしてがんじがらめになっていく。

江戸にはさまざまな悪党がいるが、亀無の私見だと、もっとも性質の悪い連中に入るだろう。

老夫婦は恐怖ですくみあがっている。だが、怖ろしさの陰には、ほっとしたような表情もうかがえた。

もちろん、このふたりの仕業であるわけがないし、殺しを誰かに頼むなんてことも考えられないだろう。下手人は別にいる。

と、そこへ――。

奉行所の小者が息せき切って駆けてきた。

「旦那、大変です。池の向こう側の竹林に、もうひとつ、死体が」

「なんだって？」

亀無はうんざりした顔で三ノ助を見た。

三

そこは竹林になっていた。池之端よりも人だかりは少ない。

町方の者も、まだ三人ほどしか到着していない。足跡などを荒らさないよう、迂回して人が集まっているそばまで行った。

「ずいぶん奥だな」

と、亀無が言うと、

「ええ。遺体も普通ならなかなか見つからないんですが、たまたま上からおりてきた坊主がいて、見つかったようなものです」

若い見習い同心が答えた。

こちらの遺体には、むしろはかぶされていない。

「身元は？」

「まだわかりませんが、いい着物でしょう」

「ああ」

「いいとこの若旦那がいなくなったんでしょうから、まもなく割れると思います」

「だろうな」

と言って、斬り口を見た。肩から袈裟懸け（けさが）けにひと太刀。

見事なものである。もっとも斬り口が見事なぶん、遺体はむごたらしい。なにかかけてあげたい。

「さっきの死体と似てるな」

と、亀無は言った。

「まさか、旦那、同じ下手人ですか？」

三ノ助が眉をひそめた。

　亀無は流れ出た血に触れて、

「遺体はまだ新しい。てえことは昨夜やられたんだ。同じ晩だぜ。しかも、こんな近くだ」

「ええ」

「断定はできねえがな、そう思って当然だろうな」

亀無はあたりを見まわし、

「なんか落ちてたものは？」

「なにもありません。懐のものだけです」

と、若い同心が答えた。

亀無は上を見あげた。

竹の葉が覆いかぶさってくる。空はさえぎられ、細かい光がはじけるだけで、地面のあたりは夕刻のように薄暗い。

「提灯はあっただろ？」

「いや」

「ないのかい。おかしいなあ」

ほかは誰もそんな疑問を言いださなかった。

「たしかに昨夜は満月に近かったたし、空も明るかった。でも、ここはおそらく真っ暗だったはずだぜ」

「ああ、そうですね」

若い同心はあたりを見まわし、

「財布もないんで、一緒に始末したんじゃないですかね？」

「煙管（きせる）や煙草入れは？」

「あります」

「わざわざ提灯を？」

「店の商標なんかが入ってたかもしれませんよ」

「だったら、焼けばいいだろ」

「あ、逃げる途中で落とし、焼けてしまったのでは？」

「なるほど。おい、三ノ助、それを探してみようぜ」

亀無はうずくまるような格好で、その提灯の燃えたあとを探した。

「おかしいな」

「そっちもないですか？」

「ないね。提灯の胴体どころか、紙の燃えかすもない。ということは、この男は提灯も持たずに、真っ暗な竹林に駆けこんだ。竹林なんざ、幹が邪魔して、そうは走れない。だが、こいつはちゃんと逃げて、こんな奥まで来た」

「うん。辻斬りの提灯のおかげでしょうね」

「うん。辻斬りのほうは、竹林の中で刀を振りまわし、一刀のもとに斬り捨てているんだから、よく見えていたのは間違いない」

亀無はなにか納得がいかないというように、周囲を眺めた。

「遺体が提灯を持っていて、辻斬りがそれを奪ったか……？　でも、それだと辻斬りは手ぶらで隠れていたことになる……ううむ、なんか現場がいじられた気がするんだよなあ」

もう一度、遺体を見た。

「おや、これはなんだろう？」

指の先についた顔料のようなもの。右の人差し指には墨、中指には紅がついていた。

「どうしたんだろう？」

遺体の顔のほうをよく見ると、ほんのわずかに墨と紅が残っていた。

「顔につけたんだな」

「そうですね」

「しかも、それを拭いて、取り除いたみたいだ」

「下手人がですか？」

「あるいは自分でやったか？　墨と紅を顔につけて、なにをする気だったんだろう？」

「あっしにはさっぱり……」

と、三ノ助は首をかしげた。

「本当に、辻斬りかな」

「というと？」

「こいつを狙った殺しのような気がしてきた……」

と、亀無は疲れた顔で言った。

四

殺された若いほうの男の身元がわかった。呼び寄せたここらの町役人のひとりが、顔を見知っていた。

「これは亀屋の若旦那……」

上野広小路に面した醤油と味噌を扱う大店の若旦那。まだ十五歳だった。

報せを聞いて駆けつけるや、旦那と女房は落胆のあまり、ほとんど口もきけなくなった。調べはほぼ済んでいたので、遺体は店のほうに移すことにした。亀無も店に向かい、とりあえず番頭と手代に話を訊いた。

「若旦那は夜、出歩くようなことはあったのかい？」

「そうですね。ときどきは出ていたようです」

と、四十くらいに見える番頭は答えた。

「なにしてたんだ？」

「さあ、友達と会ったり、将棋を指したり、ときにはよからぬところにも行っていたと思います」

「女は？」

「吉原はまだだが、若い手代たちに連れられて、谷中や根津の遊郭には何度か行ったみたいです。でも、素人で付き合っているような女はいなかったと思います」

「間違いねえな？」

「そうだよな？」

と、番頭が手代に訊いた。

「若旦那は、素人の女は知らないと言ってました」

手代はうなずいた。

「あるじは黙認かい？」

「うちのあるじも若いときはずいぶん遊んだ人で、あれも経験だと、とくにうるさく言うことはなかったみたいです」

「夜遊びはしても、家業のほうはしっかりやっていたってかい？」

「いいえ、それは生憎と……。なんせ、まだ十五でしたからね。小僧程度のことが精一杯で、それも怠けがちでした。毎日、町をふらついては、興味のおもむくままにってところだったように思います」

まあ、そんなものだろうと、亀無は思う。

だが、そうやって世の中を眺め、気持ちのどこかで自分のこれからの道を探し求めているのではないか。たとえ世間の誘惑の手が伸びてくるにせよ、若い者がそうやって町をさまようことは、意外に大事なのかもしれない。

「黒門町に、金貸しの竹蔵というのがいた。若旦那はこいつとはなにか、かかわりはなかったかい？」

「金貸し？ それはちょっと考えられませんね」

「そうだよな」

亀無はここの店構えを見わたしながら言った。いろんなところに贅を尽くしている。若旦那の小遣いも、けちったりすることはなかったのだろう。

「若旦那は、どういう性格だった？」

「そう変わったところもない、いまどきの若い者だったように思いますが」

「いまどき？」

「はい。亡くなった方の悪口は言いたくないんですが、地に足がついておらず、夢でも見ているようなことばかり言っておられました」

「じつは、若旦那の指に墨と紅がついていたんだよ。筆を使ったり、朱筆を入れたりというようなことはしてたかい？」

「いいえ、あたしが見たかぎりでは、筆なんざ手に取るようなことは、ほとんどなかったですねえ」

番頭は苦笑した。

「しかも、その墨と紅を顔にもつけてたみたいなんだよ。そっちはなんか心あたりはないかい？」

「顔に墨と紅？　さあ……」

番頭は手代と顔を見交わし、首をかしげた。

「若旦那は、芝居が好きだったのでは？」

「いえ。そっちはとくに興味はなかったと思います」

「ふうん。そうだったかい」

もしかしたら、隈取り（くまど）のつもりだったのかと考えたのである。では、目のふちを赤く染めたりしたのは、なんのつもりだったのか。

五

三ノ助に若旦那の友達を洗ってもらうよう頼んで、亀無はひとり、黒門町の竹蔵の店に来た。

一応、煙草屋を装（よそお）っている。間口一間半ほどの小さな店である。看板なども焼け焦（こ）げた板を削（けず）って作ったような粗末なものだった。

「なるほどな……」

と、亀無は店構えを見て言った。金貸しがけちで、質素な暮らしをしているのは、おなじみのことである。

葬儀の最中だが、若い女と、十四、五の小僧のふたりしかいない。

「身寄りはあんたたちだけかい？」

亀無は線香をあげてから、ふたりに向きあって訊いた。

「あたしは妾ですけどね、ほかにはいなかったみたいですよ。この小僧を養子にしようなんてつもりもなかったみたいだし」

「子どもが欲しかったんじゃねえのか？」

「いいえ。子どもなんかいらねえ、できたら出てってもらうと、もうなんべん言われたことか」

と、顔をしかめた。

「あんた、いくつだ？」

「二十五」

そっけない口調で言った。なかなかいい女である。

ただ口は恐ろしく悪い。

「あの因業爺い、金をどこに隠してるのか、教えないうちにおっ死んじまいやがって。とんまな死に方だよ、まったく」

と言って、煙草をふかした。

「どこかに隠してあるんじゃねえのか？」

と、亀無は天井のあたりを見た。

「この家にはないですよ。あたしだって、ずいぶん気にしてたし、様子もうかがってましたから」

「へえ」

「どこか外に置いてあるんです。死なれたら、あたしらだって一文無しですよ。金を借りてた奴らから取り返したいけど、あたしじゃさすがに向こうも払わないだろうし。どうしたらいいんですかね、旦那？」

「おいらに訊くか」

と、亀無も呆れた。

「でも、繁盛してたんだろ？」

「煙草屋ですか？」

「金貸しだよ」

「ですから、あたしは煙草を売るくらいで、金貸し稼業のほうはなにもわからないんです」

まだ、小僧のほうがわかっているらしく、

「そうですね。繁盛というとなんですが、借りにくる人は多かったです」

と、大人びた言い方をした。

「昨夜はどこに行ったのか、すぐにわかったらしいな？」

「はい。あるじはごっちゃになってしまわないよう、督促に行く日を決めていたんです。これに」

と、紙を指差し、

「十五日は西村屋さんだけでしょう？」

その紙を見ると、日にちごとにずらっと名前が書かれてある。

数えると四十八人。

「借りた奴は皆、こうして督促に行くのかい？」

「そんなことはありません。たいがいの人が期日を守って、返しにきます。利子が膨れあがることは皆、知ってますから」

ということは、もっと大勢の町人たちが、竹蔵の金をあてにしてきたのだ。

「証文はあるんだろう？」

「はい」

小僧は長火鉢のいちばん下の引き出しから取って、それを差しだした。

これは奉行所が預かることになるだろう。一応、話を訊き、おそらく個々の借金は消えることになるのではないか。

喜ぶ者はずいぶんいるはずである。そのなかに、下手人がいるのだろうか？

証文をめくる。

さっきの老夫婦のものもあった。ごちゃごちゃ書きこまれているが、いまは八両の借金ということになっている。

二両返してもこれである。返しても返しても際限がないだろう。

「武士の名がねえようだな」

「ああ、そのことは言ってました。大名だろうが旗本だろうが、おれは侍には金を貸さねえと。危ないからだそうです。刀を振りまわしたりして。だから、それは全部、町人だと思います」

そのくせ、たぶん侍に斬られた。皮肉なものである。

さらにめくる。

もちろん、若旦那の名前もない。

「亀屋という店があるんだが、そこの若旦那とここの竹蔵になんかつながりはなかったかい？」

こっちでも同じことを訊いた。

「亀屋？　若旦那？　さあ」

小僧は首をかしげた。

家を見ても、亀屋と縁がありそうなものはない。

と、そこへ――。

本所の長林寺と名乗る僧侶がやってきた。

「万が一のことがあったら、こちらのお寺に報せろと言われていたんです」

と、小僧が亀無に言った。

もう七十はいっていそうな、穏やかな顔の僧侶だった。質素な身なりの、偉ぶったところのない坊主である。

お経が終わるのを待って、亀無は話を訊いた。

「竹蔵は檀家ですか？」

「はい。代々うちの檀家でしたが、これで途切れることになりますね」

噛みしめるように言った。

「こいつはどういう奴だったんです?」

「皆さんはおそらく、因業な男と思い、さんざん嫌っていたんでしょうな。だが、わたしが見るには、かわいそうな人でしたよ」

「かわいそうだって?」

亀無は驚いた。

「竹蔵の父親というのは、竹蔵がまだ七、八歳のころに、借金のため首をくくって亡くなったんです」

「そんなことが……」

「だから、竹蔵がまだ十五、六のころから金貸しをはじめたのは、その復讐だったのです」

と、僧侶は早桶を見て言った。

漬け物が入っていてもおかしくないような、小さな桶である。

「そりゃおかしいぜ」

亀無は抗議するように言った。

「ええ。金貸しを恨みながら、自分も金貸しになるなんて、たしかにゆがんでいるかもしれません。でも、あの人のなかではそうは思わなかったんです」

「ふうん」

たしかに人というのは、かならずしも筋道の通った考えや行動をするわけではない。どこかでねじれたような、おかしな行動になるのはしょっちゅうである。

「近頃では、おれは金貸しになるために生まれてきたような気がする、とも言ってました」

「厳しい取り立てをしてたんだぜ」

「ええ。それでどんどん破滅させてやりたいとも」

僧侶はため息をついた。

「こんなことになると覚悟していたような気もします」

「ひでえな」

「え？」

「儲けた金はここにはないでしょう？　全部、寺に来ていましたよ」

「なんだと？」

「儲けるそばから、寄進なさっていました。亡くなったときも全部、寄進するという証文もあります」

「驚いたな……」

「その金が欲しさに、わたしが竹蔵を許していたなどとはお思いにならぬよう。わたしもずいぶん説得したのですよ。そんな金は御仏も喜びませんよと」

「するとなんか言ったかい？」

「おれは喜ばせるために寄進してるんじゃねえ。嫌がらせでやってんだと」

「ほう」

「結局、まったく聞き入れてはもらえませんでした」

僧侶はそう言って、早桶に向かって念仏を唱(とな)えた。

六

戻ってきた三ノ助と、奉行所に近い飲み屋で話しあった。

どっちが先に斬られたのか？

三ノ助が聞きこんできた話で、竹蔵が斬られた時刻はだいたいわかった。

近くにいた夜泣きそば屋が、大きな水音を聞いたのが、亥(い)の刻（ほぼ九時半ごろ）だったらしい。

若旦那の血の乾き具合を考慮した。竹蔵は水に落ちたので判断がつかない。

それと、竹蔵のほうがやや鈍くなっていた刀の斬れ味。

このふたつから、亀無は若旦那が先と判断した。

「ただ、このふたり、つながらねえだろ？」

と、亀無は三ノ助に言った。

「そうなんです。つながりはまだ、まったく見あたりません」

三ノ助は疲れた顔でうなずいた。

「ということは、行きあたりばったりにふたりを斬ったのか。だが、それはないだろうな」

「旦那は金目あてじゃないと？」

「金目あてなら、人目につくかもしれないあんなところで襲ったりするもんか。あれだけの腕だもの、もっといくらでも方法はあるさ。しかも、堀に落ちるようなところで斬るものか」

「なるほど」

「あるいは、別々のふたつの恨みを同じ夜に晴らしたのか」

「それも不思議な話ですね」

「そうなのさ……」

夕べは満月だった。

満願の日にはふさわしい。

だが、なんか変である。

「ううむ……」

亀無は唸った。頭も掻いた。もしゃもしゃだった頭は、なおさら悲惨なことになった。知らない子どもは怖がるくらいである。

「こういうのはどうかな？」

「はい」

「なにか理由があって、まず若旦那を斬った。それから、辻斬りに見せかけるため、近くでもうひとり斬った」

「へえ」

「だが、ほんとの辻斬りではないから、斬る相手を選んだ。嫌われ者。むしろ、死んだほうが喜ばれるような者——というので、竹蔵を選んだ。商売敵でなかったら、催促される連中に同情的な男だったかもしれない」

「なるほどねえ」

「つまり、下手人はこんな男が想定されるんじゃねえかな。若旦那とはなんらかのかかわりがあり、竹蔵の人となりも知っている。そして、武士、あるいは町人で剣の達人……」

「ということは、あの近所にいる者ですね」

「たぶんな。まずは、若旦那の周辺をくわしく洗うしか、とっかかりはなさそうだ」

　と言って、亀無は立ちあがった。

「あれの部屋を？」

　亀屋のあるじは呆（ほう）けた顔で言った。どうにか話せるようになったというので、三ノ助とともに訪ねてきたのである。

「ええ、ぜひ、見せてもらいてえ。下手人をあげるためです」

「いなくなった夜そのままですよ。片付けるのもつらいので」

「そのほうがありがてえんで」

「では、こちらへ」

　と、案内された。

八畳間に陽が射していた。

二階の南向きの部屋である。あるじ夫婦は階下にいるので、倅の部屋のほうが快適なくらいである。これを見ただけでも、いかに大事にされてきたかがうかがえる。

あるじを失った部屋だが、陽が差しているせいか、若々しい息吹のようなものも感じさせた。

ただ、飾られてあるのは妙なものである。

「これはなんだい？」

と、亀無は訊いた。

「あれが、好きだったものです」

「へえ」

壁一面にお化けの絵が貼られていた。見たことがある絵も多い。北斎や国芳の絵もある。おどろおどろしいものばかりではない。かわいらしいお化けの絵もあった。

いちばん大きいのは、狐火と踊る仔狐たちの絵。

仔狐たちは猫みたいに愛らしい。

さらに、棚や簞笥(たんす)の上には、焼き物や、張子(はりこ)のような、お化けの人形もいくつか置いてある。

気になるものがあった。狐の面である。目のまわりが赤く、黒く髭(ひげ)が描かれてある。これも怖いというより愛らしい。おそらく、これを真似しようとしたのかもしれない。

「変わったものが好きだったんだな」

「ええ。とぼけたところがありましてね。本当のお化けは、まったく怖くはねぇんだとか言ってましたっけ」

父親は悲しげな笑みを浮かべて言った。

七

亀屋から一膳飯屋に向かう途中で、

「おい、剣之介」

と、声をかけられた。

なんと、隣りに住む与力の松田重蔵ではないか。もちろんひとりではない。同心ひとりに小者が五人、岡っ引きがひとりにさらに下っ引きと、計八人を引き連れている。松田は吟味方の筆頭与力だが、市中見廻りも兼務している。

つくづくいい男である。

「歌舞伎役者が松田と並ぶのを嫌がった」

という伝説は嘘ではない。

しかも、人の先頭に立つと、いい男ぶりはいっそう映える。

とにかく町人の人気は絶大で、松田とわかると、娘たちが立ち止まって、きゃあきゃあ言いはじめる。

松田にとっては、そよ風に撫でられているくらいの気持ちらしい。

「例の辻斬りの調べか？」

「はい」

「難航しているみたいだ。どれ、謎を解いてやる。そこの水茶屋に座れ」

有無を言わさない。

松田は皆を引き連れ、通りに面した水茶屋の縁台に腰をかけた。

「どこへ行くところだった？」

「はい。殺された若旦那の亀屋から、やはり斬られた竹蔵が立ち寄った池之端の一膳飯屋まで」

「ほう。もしかして、そなたは単純な辻斬りではないと見たのだな」

「はい」

「鋭い」

と、褒めた。もしかしたら、松田の予想に合致したのかもしれない。それは逆に不安を感じさせる。

「恐れ入ります」

「正義の人がいるな」

「え？」

「簡単な話だぞ。若旦那はかねがね、竹蔵という男のひどさを聞いていた。純粋な年頃だ。そういう奴は許せないと思ったに違いない。ひとつ脅かしてやろうと、あとをつけた。それで、そなたが見つけたそのお化けに扮装し、竹蔵の前へと飛びだした」

「ははあ」

「腰を抜かして終わりとなるような計画だった。ところが、竹蔵というのは、じつはただの金貸しではない。名のある大泥棒だった。たとえば、四谷の佐平、あいずれも大きな押し込みをしたあと、行方をくらましている大泥棒である。

るいは鯨の藤右衛門……」

「へえ」

そんなことは疑ってもみなかった。

「もちろん腕も立つ。出てきた若旦那を持っていた刀でばっさりやった」

「…………」

「ところが、これが大泥棒の竹蔵の運が尽きる原因になった。この殺しをじっと見ていたのが、正義の人さ。この御仁は物事を軽率には判断しない。どういう殺しだったのか？　殺した男の人となりは？　それらを確かめるためにあとをつけた。すると、借金の取り立てをしている様子から、ろくでもない人間だというのがわかった」

「…………」

たしかに悪党ではあったが、もう少し陰影のある男だった気はする。

「待て、この悪党……と、声をかけた」

松田は正義の味方になりきっている。

「きさまのむごい商いは、この目でしっかと見届けたぞ。しかも、単に驚かそうとただけの若者を、持っていた刀でばっさりと殺してしまった。許せぬ。きさまの所業、断じて許せぬ！」

松田は大声で、団十郎のように目をひん剝いて言った。

まわりにいた町人たちから歓声があがった。

亀無は恐怖を覚え、逃げたくなった。

「そうして、ばっさりとやったというわけさ。剣之介、この下手人はむしろ捕まえぬほうが世のためかもしれぬな」

「そういうわけには……」

いかないのである。それに、松田は吟味方の筆頭与力ではないか。そうした事情に鑑みて、お奉行にも情けある裁きを提案できる立場なのだ。

「ま、あとは任せる。ただ、昨日、気になることがあった」

「と、おっしゃいますと？」

「そなた、誰かに恨まれたりはしておらぬよな？」

「自信はないですが……なにか？」

同心などをしていると、どこでどんな恨みを買っているか、わかったものではない。

「うむ。与力の三沢からな、そなたを臨時廻りから養生所のほうにまわしてはという意見が出た」

「養生所ですか」

小石川養生所のことで、ここも町奉行所の管轄にあたる。ただ、そうそう事件が起きることもなく、暇な職場である。

もちろん左遷ということになる。

だが、暇になるのなら、行ってもいい。

「むろん、わしは却下しておいた。だが、三沢はそんなことを言いだす人間ではない。誰かに命じられている気がしたのさ」

「そうでしたか……」

思いあたるふしはある。占い師の圭斎の件である。

「剣之介、なにかあったら言えよ」

幼なじみらしい温かい言葉である。じいんとくることもないではないが、あまりあてにしてはいけない。

子どものころだったが、亀無が近所の五つほど年上の子にいじめられたとき、松田は仕返しをしてやると、将軍に直訴状を書いたことがある。危うくそれはやめさせたが、以来、松田には頼らないようにしていた。
――もしも意趣返しのつもりなら、その程度のことでよかった……。
むしろ、安心したほどだった。

松田と会ったことで、半刻ほど時間を費やしてしまった。
池之端の道を、一膳飯屋に急いだ。
闇の中に嫌な気配があった。
歩きながら、足音に耳を澄ませる。聞こえない。ぴたりともしない。
――いや、違う。
亀無は身震いした。歩調を合わせているのだ。だから、聞こえないだけなのだ。
こんなことができるのは何者なのだ。
立ち止まった。向こうの足音も止まった。
寺の裏手にあたる道である。
夜のなかに枯れ葉が舞っている。月は雲の中。亀無は提灯を持っている。
「何者でえ」
振り向いて、面倒くさそうに言った。

あの殺しの下手人かもしれなかった。

ここで斬られれば、下手人はまた、ただの辻斬りを装うための細工をするのだろうか。敵の思惑を邪魔するには、なにをしたらいいのだろうか。

切っ先がきた。

のけぞってかわした。

敵の姿が見えていない。

――え？

すぐに気づいた。手裏剣だったのだ。

もう一度きた。亀無はまわるように逃げた。手裏剣が肩をかすめた。毒でも塗ってあったらまずいかもしれない。

そのとたん、敵は姿を現した。

「何者？」

「死ねや！」

刀を肩にかつぐように突進してくる。手ぬぐいで頰かむりをし、袴をはいている。浪人者ふうでもある。

亀無は、さっきと違って逃げない。

さっと刀を抜き放ち、下段に構えたまま、前に出た。

剣先が届く間合いに入った瞬間、亀無の剣がはねあがり、同時に敵は大きく跳んだ。

亀無の剣は届かず、敵の剣が高いところから降りてきた。これは剣を引くようにして受ける。下手に逃げても間に合わない。

そのまま着地するはずが、敵の足が動いた。

うっ。

亀無は胸を蹴られた。予測できない動きである。

だが、亀無はさらに身を寄せ、敵の足を払った。

これが功を奏した。敵は横に倒れた。傾いた身体を追うように、亀無は剣を伸ばした。手ごたえはあった。

敵は地面を転がると、その力を利用するように起きあがり、背後に宙返りすると、そのまま闇に消えていった。

町人地の路地にまぎれこんだのか、寺の築地塀の脇を駆け抜けたのか、それはわからない。

闇から現われ、闇に消えた。

——おそらく忍びの者……。

誰でもが動かせるような連中ではない。

ひどく嫌な気分だった。

八

翌日——。

肩の小さな傷が膿んでいた。やはり、少し毒が塗ってあったかもしれない。うずくような痛みもある。しぼるようにして、何度も井戸の水で洗った。

ほかには痛むところはない。熱もない。身体がいささか重いのは、溜まった疲労のためだろう。

下谷茅町二丁目にある一膳飯屋の西村屋を訪ねた。昨夜のうちに訪ねるつもりだったが、怪我の手当に知り合いの医者に立ち寄ったら、今宵はおとなしくしておいたほうがいいと言われたのだった。

三ノ助には、朝から狐の面のことを訊きにいってもらった。

西村屋はなんの変哲もない、薄汚れた一膳飯屋である。こんな店に屋号があるのがめずらしい。もっと大きな商売をしていたのが、落ちぶれたのではないか。

「ごめんよ」

腰高障子（しょうじ）を開けると、老夫婦は下ごしらえをしているところだった。

「例の竹蔵殺しの調べなんだ」

と言うと、ふたりの顔は緊張した。

「あたしらはなにも」

「もちろんだ。あんたたちのことは、これっぱかりも疑っちゃいねえ。ただ、下手人はおそらく、竹蔵があの道を通ることを知っていたんだよ」

「はあ」

「あの晩、竹蔵が取り立てにくることを誰かにしゃべったかい？」

老夫婦は顔を見あわせた。

しばらくして――。

「ほら、あんた」

女房のほうがなにか思いだしたようである。

「え？」

「ご浪人の……」

「あ、河西さんか」

あるじのほうも思いだしたらしい。

「話してくれよ」

「でも、辻斬りをするような人じゃ」

「そうですよ。あたしらのせいで、河西さんが疑われたりしたら気の毒で」

ふたりとも渋(しぶ)っている。

「それはわからねえ。そいつが誰かに話したのかもしれねえ。とにかく、難しい殺しで、おれたちもなにもつかめていねえんだよ」

と、亀無は困った顔で言った。

こんなときは、脅(おど)すようにして話を訊きだそうとする同心も少なくない。だが、亀無はそれができない。

自分が「すっぽん」と呼ばれているのは知っている。それは、無理やり訊きだすことができないから、自然と何度も通うことになるからなのだ。

老夫婦はさんざん迷ったすえに、

「うちによく飯を食いにきていた河西さんというご浪人がいたんですが、ちょうど河西さんがいるとき、竹蔵が催促(さいそく)に来たんです。河西さんはそれを聞いていて、ひどいきりたちまして、竹蔵にもあんまりひどい取り立てをしてると、地獄に落ちるぞなどと言ってくれたりしたものです」

「そうだったかい。その浪人は近所にいるんだな？」

「さあ、それは……。でも、このあいだしばらくぶりに来たとき、いまは広小路の花田屋さんで仕事をしているとおっしゃってました」

「そうか」

「でも、本当に気持ちの優しい人なんですよ」

おやじは言ったことを後悔しはじめたようだった。

上野広小路の花田屋に来た。なんと、殺された若旦那の亀屋とは目と鼻の先。わずか二軒の小さな店をはさんでいるだけである。

蝋燭問屋をしている。間口は十間に近い。

店の前に出ていた若そうな手代に、

「こっちで河西という浪人が仕事をしていると聞いたんだが」

と、声をかけた。

「ああ、河西さま」

「なにをしてるんだ？」

「お嬢さんの用心棒ですよ」

「用心棒？　なにかあったのかい？」

なにかなければ、普通そんなものは雇わない。江戸の町は亀無たち町方の者が誇りにしているように、治安はすばらしくいいのだ。

「いえ、まあちょっと前に脅されたりしたことがありまして。それは、河西さまのおかげで無事に解決しました。ただ、主人はそれでますます心配になり、そのまましばらくは雇うつもりのようです。なにせお嬢さまがあまりにかわいらしいので、この先、悪い虫がつかないよう心配なさっているのでは？」

「河西というのは、剣術のほうは強いのかい？」

「そりゃあもう。そっちの一刀流の道場で天才と讃えられたほどですよ」

「ほう」

そっちの一刀流とは、湯島天神の下にある道場のことだろう。門弟二百人とも言われるくらい大きな道場である。亀無も、亀無の師匠も、あそこは強いと認めていた。そこで天才と呼ばれていたとは、たいしたものである。

「いるかい？」

「いまは出てますが、そろそろお帰りになるころでは？」

「ところで、三日ほど前の夜、山下と池之端に辻斬りが出たのは知ってるかい？」

と、亀無は訊いた。

「ええ、ずいぶん噂になりましたからね」

「あの晩、河西はここにいたかね？」

「え」

手代は変な顔をした。河西が疑われていると思ったら、急に口が重くなったらしい。

「さあ」

「あんたに聞いたとは言わねえよ」

「たしか、あの晩はお嬢さんのお供で、芝居町へ行っていたはずですよ」

芝居町とは、江戸三座を集めた猿若町のことである。

「ということは……」

浅草寺の東である。帰りに山下を通っても不思議はない。

「なにかおもしろいものやってたっけ？」

「中村座の『東海道四谷怪談』に行ったはずです」

「お化けか……」

若旦那の部屋にあったお化けの絵を思いだした。

しばらく待つと、帰ってきた。

用心棒とお嬢さん。

亀無は、お嬢さんのかわいらしさに目を瞠った。

九

——鋭い同心だった……。

亀無の後ろ姿を見ながら、河西慶二郎は思った。

見た目はまるで冴えない。歳はわたしと同じくらいだろう。だが、こちらの警戒心を忘れさせるような、不思議な話術の持ち主だった。あれは、あの男がもともと持っている人のよさから来ているのかもしれない。

こっちも注意しつつ答えたので、まずいことは言わなかったはずである。

できるだけ嘘は避けた。おゆきと話が食い違うとまずいので、万が一、訊かれるようなことになったら、怖くてなにも覚えていないと言うように打ち合わせしておいた。

だが、あの男はすでに、最初に若旦那を斬り、辻斬りに見せかけるため竹蔵を斬ったことに気がついていた。あれには、内心、舌を巻いたものだった。

どうにかしらばくれたが、不安になってくる。

――もう、運の尽きかもしれない。

ついに悲願の仕官もかなうことなく、生涯を終えなければならないのか。

河西がまだ赤ん坊のとき、父親が浪人したので、河西自身は一度も仕官をしたことがない。そのくせ、父親からはいつも、

「おまえは武士だ」

と言われてきた。いま思えば、ひどく滑稽な話である。

剣術の道場には熱心に通った。剣はめきめき上達し、一時は道場主の養子にという話もあったが、道場主の娘の素行の悪さを叱って嫌われ、養子の口は駄目になった。

その後、続けざまに用心棒の仕事が入り、道場からは遠ざかり、用心棒は本職のようになった。

以来、十年以上は経った。

する。

——もう三十なかば……。

歳のわりに爺いのような考え方だと言われることがある。自分でもそんな気は

それほど期待するようなことが、人生に起きるわけがない。やはり、この世と

いうところはつらい場所で、生きていくのは容易なことではない。いろんなこと

を我慢し、犠牲にし、戦いたくもない戦いに勝ち抜いていかなければならない。

なんと理不尽な世界なのかと思う。

だが、世間の人、周囲の人は、そこまで暗い人生観を持っていないのではない

か。

ただし、さっき話した亀無という同心は違うように思えた。

——あいつもくたびれていたっけ……。

ほとんど休みも取れず、このところ働きづめだという。そんな自分を笑ったり、

哀れんだりしているところもある。

ああいう男とそこらの飲み屋で一緒に酒でも酌み交わしたら、安らぎを得られ

るかもしれない。

ただ、亀無と比べると、ひとつだけましなことがある。河西にはいま、救いの

ような存在があるのだ。

おれの救い……それはここ花田屋のお嬢さん。

そろそろ用心棒も疲れるという気持ちが強くなったころ、この花田屋の仕事と出会った。

守る相手のおゆきに、ひと目で魅せられた。

女として魅せられたのではない。まだ、小娘である。清らかなもの、高貴なもの。この世にはありえないものに初めて出会った気がした。

捧げる喜び。もしかしたら、仕官ができた暁にも、そんな気持ちになれるのではないか。

初なふりをして、ほんとは男遊びをしている娘は山ほどいる。だが、ここのお嬢さんは違う。これだけ一緒にいても、色気づいたようなところは露ほども見えない。清純そのものなのだ。

人の清らかさに触れた。

山の頂上付近で飲む湧き水のうまさも、こんなものか……。

自分はどこかで、人生の終わりを自覚しているのかもしれなかった。

「大丈夫、剣之介さん？」

と、夕飯を終えた亀無に、志保が訊いた。

「どうして？」

「おかわりもしないじゃない」

たしかに一杯だけ、汁をかけて喉に流しこんだ。

「ああ、このところ食欲もなくてさ」

「いけないわ」

「うん。疲れてるんだよ。この事件のかたがついたら、休ませてもらうさ」

「兄も心配してたわよ」

「なにを？」

「変な影がかかっている気がするんだって」

「影がねえ」

と、明かりを見た。

行灯ではなく、蝋燭が灯っている。おみちが乏しい明かりよりも安心できるのではないかと、志保が持ってきてくれたのだった。

「兄はよく知っているように、恐ろしく頓珍漢だわ。でも、変に勘の鋭いところもあるのよ」

「同感だよ」

あれだけ言いたい放題で、奉行所の中でしっかり地位を確立しているのは、その勘働きに理由があるのかもしれない。

「いまの仕事、面倒なの？」

と、志保が訊いた。

「面倒じゃない仕事なんかないもの」

「そうだよね」

「でも、起きたことってのは、どうにかあきらかにすることができるかもしれない。おいら、そっちはなんとかなるといつも安心してる。本当に難しいのは一歩先のことかもしれねえな」

「一歩先ね？」

「うん。この一歩がどこに向かっているのかは、まったくと言っていいほどわからない。人生というのはほんとに難しいんだ」

亀無はつぶやくように言った。

隣りの部屋で、おみちが安らかな寝息を立てている。

「わたしには、剣之介さんとは一緒になるなと言う夫。そして、おみちちゃんを見守っている亡くなったみよさま。なんだか、せつないね」

志保がつぶやくように言った。

志保の夫である大高晋一郎は、志保が家を出る決意をした矢先に、捕り物で大怪我をした。胸を刺され、一時は命も危ぶまれた。志保が隣家に戻ってくるのをひそかに期待していた亀無だったが、逆にこれで志保は戻ってこれなくなるだろうと思ったものである。

だが、志保は怪我をした大高に離縁を申し出ていた。看病には大高の母もいれば使用人もいて、志保がいなくなってもそう不便はない。「別れたほうがお互い運が開けますよ」とまで言ったという。志保は、縁切り寺に駆けこむ覚悟までしていた。

意外にも大高は離縁を承知した。

ただ、条件がついた。

「別れて亀無のもとに嫁いだりしなければ許す」と。

志保はその条件を飲んで、実家に帰ってきた。

幼なじみの志保。いちばん大切な相手と結ばれなかった。まるで運命のように、ふたりのあいだにはどうしても塀や川ができてしまうらしい。

「そうだな。だが、そういうもののような気もするよ」

と、亀無は言って、やっぱり自分は疲れているのだと思った。

十

「蝋燭だと？」

と、河西は言った。

上野の山の境内である。千手大悲観音像があるが、ちょっと裏手になったところで、ひとけはない。亀無は花田屋からこっちまで連れだしたのだった。

松田重蔵からそうするように言われたのだが、当の松田はいない。もしかしたら、松田は「大仏の近く」と言ったのを、自分が「観音さまの近く」と間違えたかもしれない。大仏はもっと先の刻の鐘の裏手にある。このところ、その手の失敗が多い。

亀無は昼間なのに、提灯を手にしている。火は灯っていない。

「これは、あの晩、あんたが持って出た提灯なんだ。あれから、あんたは夜は出歩いていないので、そのままになっていた」

「ほう、それが？」

「あの晩、芝居がはねて蝋燭に火を入れ、上野広小路の花田屋まで戻った。それから、自分の部屋に入って、一杯飲んで寝た……こうでしたね」

「ああ」

この前もそう答えた。

「同じ蝋燭を提灯に入れ、同じ道を歩いたんです」

「え……」

「こっちがそのときの蝋燭です」

と、亀無は懐からそれを取りだした。やはり、二寸分ほど長い。

「それで、送り届けたあと、不忍池のほうに行き、大きな水音がしたという時刻まで待ち、それから花田屋に戻ってきた。それがこっちですよ」

と、もう一本を取りだした。

「これと、あんたが使った提灯の蝋燭と、長さを比べてみた。ほらね」

まったく同じ長さだった。

「まいったな。そんなところに目をつけたのか」

「そうなんです。じつは、たまたまうちにあった蝋燭を見て、気づいたことなんですがね」

「若旦那も金貸しもわしが斬ったと？」

「そう。あんたが斬ったんです」

「それだけが証拠だと、ちと弱い気もするがな」

「そうですね。でも、おいらはまだ、お嬢さんにはなにも訊いていねえ。いくら素直で賢くても、あの年頃の娘は、嘘を吐きとおすことは難しいんですよ」

「それはさせぬ」

　と、河西は刀を抜いた。

　湯島の一刀流の道場で天才と言われた男。

　どうして松田たちを捜さなかったのか、悔やまれる。

「とぁーっ」

　横なぐりの剣がきた。提灯を投げ捨て、どうにか合わせる。次は斜めから。これも小さく動いて合わせるのが精一杯である。

「ほう。おれの剣を受けたか」

　と、河西は目を見開いた。

「まぐれだよ。まぐれはそうそうは続かないんだよなあ」

亀無は情けない口調で言った。

「次は受けられるかな」

「ちょっと待ちなよ。おいらはあんたが無体な人殺しをしたとは思っていねえ。あの若旦那がお嬢さんに悪戯でもしようとしたんだろ？　それを用心棒のあんたが守ったんだ」

「いまさら弁解はいい」

今度は下から来た。変幻自在の剣である。どこから来るか予想がつかない。やっと合わせ、逃げては駄目だと亀無のほうから一歩、踏みこんだ。

河西は一歩引いて、

「まぐれじゃない。たいした腕だ」

と、褒めた。

「とんでもねえ」

「いや、ひさびさに手応えのある相手だ。さ、来い」

「う……」

打って出るなどとんでもない。構えることすらできない。あまりにも速い太刀筋に、できるだけ少ない動きで合わせるのが精一杯である。

しかも、肩が痛んでいる。この前の夜、何者かに傷つけられたところである。

おみちの顔が浮かんだ。志保は笑っていた。亀無も笑いたい。

「笑ったな」

と、河西が言った。

うっかり笑ってしまったらしい。

さらに大きく踏みこんできた。

――これで斬られる。

そう思ったとき、思ってもみない僥倖が訪れた。

河西の体勢が揺らいだ。足が滑ったらしく、いきなりのけぞった。その隙に亀無の剣がつけこんだ。

振りまわさずに突いた。それが胸を刺した。かなり深くまで入っている。

抜くと、顔をゆがめた。

「うっ」

「すまん」

思わず言った。

「謝るなよ」

河西は苦しげに笑った。

「あんな小僧、斬るまでもなかったのだが、竹光（たけみつ）の剣などと愚弄（ぐろう）しおって……」

そう言って前かがみに倒れた。

「竹光の剣……？　どういうことだろう」

やけに気になる。

後ろで大勢の足音がした。

松田重蔵やほかの同心、岡っ引きの三ノ助たちも駆けつけてきた。

「剣之介、無事か」

「やはり、こっちにいたか。剣之介、大仏まで連れてこいと言ったではないか」

「すみません。ここんとこ、ぼんやりしちまって」

「危なかったみたいだ」

と、松田は亀無の袖（そで）と腹を指差した。

どちらも布が断ちきられている。危（あや）ういところだったのだ。さっきの足元を見た。提灯から落ちた蝋燭が転がっていた。小さな丸太を踏みつけたように、河西はそれで足を滑らせたのだ。

――これのおかげか。

蝋燭は明かりではなく、丸いかたちで亀無を救ってくれたらしかった。

「これで一件、落着だな」

と、松田が亀無の肩を叩いた。

「いえ」

「どうした、剣之介」

「下手人であることは間違いないのですが……」

そう言いながら、河西の刀を確かめた。

備前長船。

浪人者が持つにしては勿体ないような名刀である。

――では、なぜ、竹光などと言われて激昂したのか……。

十一

翌日は筋肉痛のためどうにも身体が動かず、その次の日である――。

亀無は河西に用心棒仕事を斡旋した口入れ屋を訪ねた。

河西が死んだことは知らないらしい。

花田屋からも、次の用心棒の依頼はないという。おそらく花田屋としても、あんなことがあったので、用心棒を雇うのは控えているのだろう。

「河西さまの刀？　さあ、拝見したことは……でも、お願いした仕事で実際に斬り合いになったことも幾度かあったと聞いております。そのつど、見事に撃退したり、依頼人を守り抜いてますから、いい刀をお持ちになっていたはずですよ」

「そうか」

「河西さまというのは、文人のようなところもお持ちでしたからな」

「文人？」

「ええ、どことなく夢見がちというか、それだけ純粋なところもおありになったのでしょうな」

「ほう」

亀無は河西との二度の対話を思いだした。変わった男だとは思ったが、なるほど、そんなところはあった気がする。

「あ、そういえば……河西さまと何度か一緒に仕事をなさった方がいらっしゃいましたな」

「教えてくれ」

と、亀無は口入れ屋の帳面をのぞきこんだ。

「河西慶二郎？　ああ、知ってるよ。あいつ、いい仕事を見つけたそうだな」

と、武田(たけだ)勘右衛門(かんえもん)は言った。

口入れ屋が教えてくれた男で、湯島の坂下に住んでいた。

「まあな」

「元気かな？」

「ただ、いろいろあってな」

死んだことは言いたくない。なにか後味が悪い。

「調べのことでくわしくは言えぬのだが、河西が持っていたのは竹光だったという話を聞いたのだが」

「そう。あいつは竹光だった」

「それで用心棒の仕事が？」

「できたのさ。すごい腕だった。いざというときは、竹光で戦い、相手の剣を奪ってしまう」

「それはまた……」

ほとんど神技ではないか。

「敵が三人、こっちがふたりで戦ったことがあった。河西は竹光を目晦(めくら)ましにしながら、相手の腹を蹴(け)り、刀を奪うやいなや、それでもうひとりを斬って捨てた」

「なんと」

よくもそんな男と戦って勝ったものだと思う。やはり、まぐれだったのだ。

「それで、その刀は？」

「自分のものにしようかという気持ちもあったらしい。だが、業物(わざもの)でもなかったのだろう。これなら竹光のほうが軽くてましだと」

亀無は花田屋に行って、あるじに訊いた。

「河西慶二郎が用心棒に雇われたきっかけを教えてもらえませんか？」

「ああ、それですか」

「解決したと聞きましたが、どう解決したのかも」

亀無の問いに、あるじはとくに隠しだてをする様子もなく、

「お恥ずかしい話ですが、商売上のことで揉め事が起きました。脅しをかけてきて、岡っ引きの親分にも相談し、警戒はしていたのです。ただ、わたしとしては娘のことだけが心配なので、かたがつくまで用心棒を雇おうと思い、河西さんに来てもらいました」

「なるほど」

「やはり用心棒を雇っていて、よかったです。習い事に行っていた娘を拐かそうとしたのです。刀を持った武士もいたそうです。河西さんがそれを防いでくれ、さらにその商売敵どもも、ほかの件もあってお縄になったのです。南町が担当の月でしたので、北の亀無さまはご存じではなかったかもしれません」

「そうだったかい」

おゆきはその場にいた。

そして、河西の刀が竹光だということを知ったのだ……。

十二

「ねえ、どうして姿を見せないの？」

と、おゆきは庭の闇に向かって言った。

庭は夜目にも広く、草木にあふれているのがわかった。石組みがあり、池もある。大店の裏手に造られた贅沢な庭だった。

「幸太郎さん……部屋を暗くしたよ。隠れていないで出てきなよ……もう、叱らないから……嫌いとも言わないから……だからさ」

おゆきは耳を澄ました。

なにも聞こえない。

闇に目を凝らした。

なにも光らない。

「嘘だったの?」

と、目を見開いた。

違うよね。どこかへ行って、また、戻ってくるのかな。それで、時間がかかってるのかな。

「絶対あるよね……魂って?」

と言って、おゆきは縁側から身を乗りだすようにした。頭上には青く、魂のように光る月があった。

「一緒に見たよね、不忍池で、ふたつの狐火を……。あれって、いつごろだったっけ？　三年くらい前だったよね。そう、お祭りの帰りだった。ふたつ並んで、ふわふわ浮かんでいて、全然怖くなんかなかったよね。逆に、楽しそうに見えたよね。あたしが、あれって魂なの？　って訊いたら、幸太郎さんは、間違いない、死んだ人の魂だって」

以来、おゆきも幸太郎も死ぬことはちっとも怖くなくなった。むしろ、あんまり鬱陶しいことが続くようなら、早めに死んでしまったほうがいい、そんなことも話しあったりした。

「なまじ身体なんかあるから、嫌なこともしたくなるんだよね」

おゆきは自分の胸に手をあてた。まだ小さな胸だった。

「あたしは変な気持ちにはならないから、まだこのままこっちにいるよ」

なにも答えない。

「待ってるからね。戻ってきてね」

おゆきは優しく言った。

「いいかい」

と、亀無は襖の外から声をかけた。

「はい」

返事があったので、亀無はおゆきの部屋に入った。

外であるじが話を聞いている。おそらく、信じがたい話に愕然とすることだろう。

「あんたもやっぱり、お化けが好きだったんだな」

おゆきの部屋にも、お化けの人形がいっぱいだった。

ただ、こっちのそれは亀屋の若旦那のものと違い、普通の人が見ても、お化けとは思わないかもしれない。どれもおどろおどろしくはなく、むしろかわいらしい。

「若旦那とは、こういうものが好きなことで話があったんだ」

「そうです」

「だいぶ前からかな」

「幼いときから顔見知りでしたが、同じようなものが好きになったのは、三年前の夏くらいからです」

「なにかきっかけはあったのかい？」

「たまたま一緒に不忍池で、狐火を見たんですよ」

「狐火……」

「怖いんじゃないかって思うでしょ？　そんなことないんです。ふわふわして、楽しそうで、青くて、きれいで……」

「なるほどな」

と、亀無はつぶやいた。若旦那が竹林で狐の顔をしていたのは、そんなことがあったからなのだろう。

「それからはよく、お化けの集まりで会ってました」

「お化けの集まり？」

「そっちにある高泉寺でやっている会で、怪談話を聞いたり、お化けの絵や人形を持ち寄って交換したりする会なんです」

「ひと月ほど前、おゆきさんが襲われたときがあったね」

「はい」

「そのとき、河西が助けてくれた」

「そうです」

「向こうは刀を抜いたりしたのかい？」

「抜きました。わたしは怖くて、しゃがみこんでしまいましたが」

「河西は刀を抜いたかい？」

「抜くところは見ていませんが、抜いたと思います。相手の男は、なんだ、竹光ではないかと言いました」

「竹光と」

「でも、河西さまはすごく強くて、もう終わった、大丈夫だとおっしゃって」

そのとき、河西は敵の刀をいただき、自分の竹光はそこらに放るなりしたのだろう。それが名刀備前長船だったのだ。

なまじ名刀を持ってしまったことで、竹光に対して屈辱（くつじょく）を覚えるようになったのかもしれない。

「おゆきちゃんは、そのことを若旦那に言ったよね」

「はい」

「どんなふうに？」

「河西さんの刀は竹光だから怖くないよって。ほんとの刀になっていたんだけど」

「知ってたんだね」

「はい。それで、河西さんはたぶん、あたしに飛びかかったほうが怒るよって。竹光のことを言えば、もっと怒るよとも」

「ああ、そうか」

斬ったのは間違いなく用心棒の河西である。だが、若旦那を斬らせたのは、おゆきだった。

いわゆる憎くて殺させたのではない。

それは、亀無も初めて遭遇した不思議な殺意だった。

「若旦那もそうなるのはわかってたんだ」

「うん」

「嫌いになったのかい？」

「そんなことはない。若旦那のことはずっと好きだったし、いまでも大好きだよ」

と、おゆきは頰(ほお)を染めた。

「そうなのか」

「でも、鬱陶(うっとう)しかった。あたしの身体を触ったり、口を吸おうとしたり。そんなことばっかりしたがったから」

「ふうん」

それは十五の男ならそうかもしれない。

「若旦那が魂だけになって、そばにいてくれたらいいと思って」

「魂だけ？」

「そう、死んでも魂は残って近くにいるでしょ」

「まあ、そう言う人もいるわな」

「若旦那は自分でもそう言ってたから間違いないよ」

「若旦那も信じてたのか」

「うん」

「自分でも斬られることは納得してたんだ」

「自分で死ぬのって難しいんだって。しかも、地獄に落ちちゃうかもしれないって。殺されたほうが近くにいるんだよ。だから、魂になってから一緒に遊んであげようと思ったの」

本気らしい。背筋に冷たいものが走った。お化けの絵などより、こっちのほうがはるかに気味が悪い。

「それで、死んだあと、若旦那は遊びにきたのかい？」

「ううん。まだ、一度も来てないの。来た気配はまったく感じられないの。どうしたのかしら？」

ちょっと不安そうに言った。

「どうしたんだろうな」

亀無には、おゆきを縛るという気持ちは浮かばなかった。

──いつか、自分がしたことに気づき、弔（とむら）う気持ちが湧くのを待つしかないのではないか……。

襖（ふすま）の向こうで、おゆきの父親の、絶望が混じったため息が聞こえた。


「あれ、剣之介さん？」

門を出ると、道を掃いていた志保と顔が合った。

「うん」

亀無剣之介は気まずそうに頭に手をやった。

黒羽織に着流し、二本の刀と十手（じって）を差している。あまり颯爽（さっそう）とはしていないが、一応、町方の同心の格好である。

「今日から三日は休むんじゃなかったの？」

「おいらもそうしたかったよ。でも……」

「仕事ができちゃったんだ？」

「そう」

「断われなかったんだ」

「まあな」

「剣之介さんて断れないんだよねえ」

と、志保は笑った。

それは昔から志保に言われたことだった。

「剣之介さん。あたしに海へ飛びこんでって言われたら、飛びこむの？　嫌なことは、はっきり断わらなくちゃ駄目だよ」

まだ十歳くらいの志保に、そんな説教をされた記憶もあった。

ふと、幸太郎とおゆきのことを思いだした。幸太郎も断れなかったのかもしれない。もし、おゆきが志保のようだったら、幸太郎は死ななかったし、河西も元気で用心棒をしていたのかもしれない。

逆に、志保がおゆきのようだったら、自分はいまごろ、青く光りながらふわふわと闇を漂って（ただよ）いたのかもしれない。

若さというのは、不思議な悲劇をもたらしたりするらしかった。

三日休めたら、亀無にはしたいことがいろいろあった。おみちを連れて、深川にでも紅葉狩りに行きたかった。両国でおもしろい小屋を見せてもよかった。志保を誘ってみようと思っていた。たぶん来てくれるだろうと期待していた。

夜は佃島にでも渡って、うまい肴で一杯やりたいとも考えた。

なんでも、鮟鱇鍋のうまい飲み屋があるらしい。これにも志保を誘いたいが、こっちは来てくれるかどうか、微妙だった。

だが、そんな計画はすべておじゃんになった。

がっかりだった。がっかりだらけの宮仕えだった。

「剣之介さん」

「ん？」

「おみっちゃん、泣いた？」

「あ、いや」

昨夜は泣かなかった。ぐっすり眠ってくれた。おかげで亀無もたっぷり眠ることができ、憂鬱なわりには、身体の調子はよくなっていた。

「よかったね」

「ああ。志保さんのおかげだ」

「あれのこと？」

志保は「これを枕の下に入れると、いい夢を見るんだよ」と、一枚の絵をおみちにくれたのだった。

それは「にこにこ神さん」という達磨さんにも恵比寿さんにも似た、ひょうきんな顔の神さまだった。神さまが牛に乗って笑っていた。あまりにとぼけた画風で、そっとのぞきこんだ亀無も思わず吹きだしたほどだった。

「あれって、剣之介さんが造った神さまだよ」

と、志保が剣之介の目の奥をのぞきこむようにして言った。

「え？」

「忘れたの？」

「ああ」

「昔、わたしが夜が怖いって言ったら、剣之介さんが描いてくれたんだよ。もしかしたら、神さんじゃなくて、にこにこ坊さんだったかもしれない。あれを思いだして描いてみたの」

「そんなことあったっけ？」

全然覚えていなかった。

「じゃあ」

と、亀無は歩きだした。

「行ってらっしゃい」

志保が後ろから声をかけてくれた。

——いいではないか。

と、亀無は思った。べつに大高に禁じられ、一緒になれなくたっていいじゃないか。

なぜなら、隣りにいるのである。

たった板一枚しか隔てられていない。

昔のあのころのように、志保は隣りにいてくれる。

亀無は歩きながら幸せな気持ちになっていた。

たった板一枚を、いつかは越えられるような気がしていた。

コスミック・時代文庫

新装版 同心(どうしん) 亀無剣之介(かめなしけんのすけ) きつね火

【著 者】
風野真知雄(かぜのまちお)

【発行者】
杉原葉子

【発 行】
株式会社コスミック出版
〒154-0002 東京都世田谷区下馬 6-15-4
代表　TEL.03(5432)7081
営業　TEL.03(5432)7084
　　　FAX.03(5432)7088
編集　TEL.03(5432)7086
　　　FAX.03(5432)7090

【ホームページ】
http://www.cosmicpub.com/

【振替口座】
00110-8-611382

【印刷／製本】
中央精版印刷株式会社

乱丁・落丁本は、小社へ直接お送り下さい。郵送料小社負担にて
お取り替え致します。定価はカバーに表示してあります。

ISBN978-4-7747-6166-4 C0193